ओ हेनरी
की
लोकप्रिय कहानियाँ

ओ हेनरी
की
लोकप्रिय कहानियाँ

ओ हेनरी

प्र
प्रभात
प्रकाशन

प्रकाशक

प्रभात प्रकाशन प्रा. लि.

4/19 आसफ अली रोड, नई दिल्ली-110002

फोन : 011-23289777 • हेल्पलाइन नं. : 7827007777

इ-मेल : prabhatbooks@gmail.com ❖ वेब ठिकाना : www.prabhatbooks.com

संस्करण

2025

पेपरबैक मूल्य

चार सौ रुपए

मुद्रक

नरुला प्रिंटर्स, दिल्ली

———— ★ ————

O HENRY KI LOKPRIYA KAHANIYAN

by O Henry

Published by **PRABHAT PRAKASHAN PVT. LTD.**

4/19 Asaf Ali Road, New Delhi-110002

ISBN 978-93-50480-57-1

₹ 400.00 (PB)

विषय सूची

1. आखिरी पत्ती 7
2. कैक्टस सिटी का खरीददार 17
3. कठपुतलियाँ 27
4. खजाना 46
5. हृदय परिवर्तन 60
6. अनूठा उपहार 71
7. दोहरी भूमिका 79
8. पावरोटी 97
9. प्यार की खातिर 103
10. प्रतीक्षा 112
11. दवा का असर 120
12. पुलिस और गीत 127
13. विडंबना 136
14. एक फल का सवाल 145

आखिरी पत्ती

वाशिंगटन स्क्वायर के पश्चिम में एक छोटा सा इलाका है। यहाँ की गलियाँ बड़ी टेढ़ी-तिरछी हैं और छोटी-छोटी पट्टियों में बँट गई हैं, जिन्हें 'प्लेसिज' कहा जाता है। ये 'प्लेसिज' विचित्र कोण और मोड़ बनाते हैं। एक गली अपने आपको एक या दो बार काटती है। किसी चित्रकार ने कभी इस गली में अनमोल संभावना खोज ली थी। कल्पना कीजिए कि रंग, कागज और कैनवास के लिए रसीद लेकर उगाही करने वाला कोई व्यक्ति इस मार्ग में चलते हुए अचानक अपने खाते में एक पैसा भी पाए बिना अपने आपको वापस आते हुए पाता है।

इस तरह उस विचित्र, पुराने ग्रीनविच विलेज में कला से जुड़े लोग जल्दी ही पसरने लगे। वे उत्तरी खिड़कियों और अठारहवीं शताब्दी के तिकोने छज्जों, डच अटारियों और कम किराए की तलाश में यहाँ आने लगे। फिर वे सिवस्थ एवेन्यू से काँसे के कुछ मग्गे और एक-दो घिसी-घिसाई प्लेटें ले आए—और उनकी 'कॉलोनी' बन गई।

ईंटों की एक निचली तिमंजिली इमारत में सबसे ऊपर सू और जॉनसी का स्टूडियो था। 'जॉनसी' तो जोएना का प्यार का नाम था। उनमें से एक मेन से आई थी और दूसरी कैलिफोर्निया से। उनकी मुलाकात आठवीं गली के एक रेस्तराँ की मेज पर हुई थी और उन्हें पता चला कि कला, चिकोरी सलाद और बिशप स्लीव्ज के मामले में उनकी रुचियाँ बहुत मेल खाती हैं,

और फिर उन्होंने मिलकर एक साझा स्टूडियो बना लिया था।

यह मई की बात है। नवंबर में उस कॉलोनी में एक ठंडा एवं अदृश्य अजनबी घात लगाकर घूमता फिर रहा था। उसने लोगों को अपनी बर्फीली उँगली से छुआ। डॉक्टर उसका नाम निमोनिया बताते थे। उत्तर की ओर से तो इस तबाही मचाने वाले ने निडर होकर चक्कर काटे और बीसियों के हिसाब से अपना शिकार बनाया, लेकिन सँकरे और काई-बिछे 'प्लेसिज' की भूल-भुलैया में उसकी चाल धीमी रही।

निमोनिया महाशय वह नहीं थे, जिसे आप शूरवीर बुजुर्गवार कहें। कैलिफोर्निया की पछवा हवा ने जिसका खून पतला कर दिया था, वह छोटी सी औरत उस लाल घूँसे वाली, काँपते बुजुर्ग बदमाश के लिए कोई उपयुक्त शिकार नहीं थी। लेकिन फिर भी जॉनसी को उसने लपेट ही लिया और फिर वह अपने लोहे के रँगे हुए पलंग पर पड़ गई। वह हिलती-डुलती भी नहीं थी, बस छोटी सी डच खिड़कियों के शीशों से ईंटों वाले अगले मकान की खाली दीवार को देखती रहती थी।

एक सुबह व्यस्त डॉक्टर ने अपनी झाड़दार, सफेद भौंह के इशारे से सू को गलियारे में बुलाया।

"उसके बचने की संभावना दस में से एक के बराबर है।" डॉक्टर ने अपने थर्मामीटर को पारा उतारने के लिए झटकते हुए कहा, "और यह एक की संभावना भी तब ही है, जब वह जीना चाहे। लोग जिस तरह से कब्रिस्तान के अधिकारी की तरफ कतार बाँधने लगते हैं, उससे पूरा चिकित्सा शास्त्र ही मूर्खतापूर्ण लगने लगता है। तुम्हारी उस नन्हीं देवी ने अपना मन बना लिया है कि वह ठीक नहीं होगी। क्या उसके मन में कुछ है?"

"वह एक दिन नेपल्स की खाड़ी का चित्र बनाना चाहती थी।" सू ने कहा।

"चित्र बनाना चाहती थी? बेवकूफ! क्या उसके मन में ऐसा कुछ है, जिसे वह दोबारा सोचना चाहे, मसलन कोई आदमी?"

"आदमी ?" सू ने कहा, उसका स्वर ऐसा था जैसे किसी यहूदी की वीणा की टनकार हो। "क्या कोई आदमी इस योग्य है, लेकिन, नहीं डॉक्टर, ऐसी कोई बात नहीं है।"

"ओह, तो फिर यह कमजोरी है," डॉक्टर ने कहा, "मैं वह सब करूँगा जो साइंस, जहाँ तक वह मेरी कोशिशों से छनकर आती है, कर सकती है। लेकिन जब भी मेरा मरीज अपनी शवयात्रा में शामिल गाड़ियों को गिनने लगता है, तो मैं दवाइयों का इलाज 50 फीसदी कम कर देता हूँ। अगर तुम उसे लबादे की आस्तीनों के जाड़ों के नए स्टाइल के बारे में एक सवाल पुछवा सको तो मैं उसके ठीक होने की दस में से एक की जगह पाँच में से एक संभावना दे सकता हूँ।"

डॉक्टर के जाने के बाद सू काम करने के लिए कमरे में गई और रो-रोकर एक जापानी रूमाल को लुगदी बना दिया। फिर वह अपना ड्राइंग बोर्ड लेकर नीग्रो संगीत की धुन में सीटी बजाती जॉनसी के कमरे में आई।

जॉनसी अपने बिस्तर के अंदर बिना हिले-डुले पड़ी थी। उसका मुँह खिड़की की ओर था। सू ने यह सोचकर सीटी बजानी बंद कर दी कि वह सो रही है।

उसने अपना बोर्ड लगाया और एक कहानी के लिए कलम और स्याही से रेखांकन बनाने लगी। युवा चित्रकारों को कला की ओर अपना मार्ग प्रशस्त करने के लिए उन पत्रिकाओं की कहानियों के लिए तसवीरें बनानी होती हैं, जिन्हें साहित्य की ओर अपना मार्ग प्रशस्त करने के लिए युवा लेखक लिखते हैं।

जब सू अपने नायक, आइडहो के काउबॉय, की आकृति पर शानदार घुड़सवारी की पतलून और एक शीशेवाला चश्मा बना रही थी, तो उसने एक धीमी आवाज सुनी, जो कई बार आई। वह जल्दी से पलंग के पास गई।

जॉनसी की आँखें पूरी खुली हुई थीं। वह खिड़की के बाहर ताक रही थी और गिनती गिन रही थी—उलटी गिनती गिन रही थी।

"बारह," उसने कहा, और थोड़ी देर बाद, "ग्यारह," और फिर "दस,"

और ''नौ,'' और फिर ''आठ'' और ''सात,'' उसने लगभग एक साथ कहा।

सू ने उसकी ओर से चिंतित होकर खिड़की के बाहर देखा। वहाँ गिनने के लिए ऐसा क्या था? वहाँ तो बस एक पेड़ विहीन उजाड़ जगह दिखाई दे रही थी और बीस फीट की दूरी पर ईंटों के मकान की खाली दीवार थी। एक पुरानी सिरपेंचे की लता, जो जड़ों से मुरझाई और ऐंठी हुई थी, ईंट की दीवार पर आधी ऊँचाई तक चढ़ी हुई थी। पतझड़ की ठंडी साँस ने इसकी पत्तियों को लता से उड़ा दिया था और इसकी अस्थिपंजर शाखाएँ लगभग पत्तियों से खाली भुरभुरी ईंटों से चिपटी हुई थीं।

''क्या है, जानू?'' सू ने पूछा।

''छह,'' जॉनसी ने लगभग फुसफुसाते हुए कहा। ''वे अब ज्यादा जल्दी-जल्दी गिर रही हैं। तीन दिन पहले वहाँ करीब सौ थीं। उन्हें गिनते-गिनते मेरा सिर दुखने लगता था। लेकिन अब उन्हें गिनना आसान है। एक और गई। अब बस पाँच रह गई हैं।''

''क्या पाँच रह गई हैं? अपनी सूडी को नहीं बताओगी?''

''पत्तियाँ। सिरपेंचे की बेल पर। जब आखिरी पत्ती गिरेगी तो मुझे भी जाना होगा। तीन दिन से मुझे यह बात पता है। डॉक्टर ने तुम्हें नहीं बताया क्या?''

''ओह, मैंने ऐसी बकवास कभी नहीं सुनी,'' सू ने जबरदस्त घृणा के साथ उलाहना दिया, ''उन पुरानी सिरपेंचे की पत्तियों का तुम्हारे ठीक होने से क्या लेना-देना है? और तुम तो उस बेल को इतना पसंद किया करती थीं, नटखट लड़की! नादान मत बनो। अरे, डॉक्टर ने आज सुबह ही मुझसे कहा है कि तुम्हारे जल्दी ही ठीक होने की संभावना मैं बताती हूँ कि उन्होंने ठीक-ठीक क्या कहा था; उन्होंने कहा था कि इसकी संभावनाएँ दस में एक के बराबर हैं। अरे, यह तो उतनी ही अच्छी संभावना है जितनी हमारे पास तब होती है जब हम न्यूयॉर्क में ट्रामों में सफर करते या किसी नई इमारत के पास से गुजरते हैं। अब हिम्मत करके थोड़ा शोरबा ले लो और सूडी को

उसकी ड्राइंग पूरी करने दो, ताकि वह इसे संपादक को बेच सके और अपनी बीमार बच्ची के लिए पोर्ट वाइन तथा अपनी लालची जबान के लिए पोर्क के कतले ला सके।''

''तुम्हें अब और वाइन लाने की जरूरत नहीं है।'' जॉनसी ने कहा। उसकी आँखें खिड़की के बाहर ही जमी थीं।

''एक और गई। नहीं, मुझे शोरबा बिलकुल भी नहीं चाहिए। अब चार रह गईं। मैं अँधेरा होने से पहले-पहले आखिरी पत्ती को गिरते देखना चाहती हूँ। फिर मैं भी चली जाऊँगी।''

''जॉनसी, जानू!'' सू ने उस पर झुकते हुए कहा, ''वादा करो कि जब तक मैं काम कर रही हूँ, तुम अपनी आँखें बंद रखोगी और खिड़की के बाहर नहीं देखोगी। मुझे ये तसवीरें हर हाल में कल तक संपादक के पास पहुँचानी हैं। मुझे रोशनी चाहिए, नहीं तो मैं परदा गिरा देती।''

''तुम दूसरे कमरे में ड्राइंग नहीं कर सकतीं ?'' जॉनसी ने ठंडे स्वर में कहा।

''मैं यहीं तुम्हारे पास रहूँगी,'' सू ने कहा, ''और फिर, मैं नहीं चाहती कि तुम उन बेहूदा सिरपेंचे की पत्तियों को इस तरह देखती रहो।''

''तो फिर अपना काम खत्म होते ही मुझे बता देना,'' जॉनसी ने अपनी आँखें बंद करते हुए कहा। वह किसी गिरे हुए बुत की तरह सफेद और निश्चल हो रही थी, ''क्योंकि मैं आखिरी पत्ती को गिरते हुए देखना चाहती हूँ। मुझसे अब और इंतजार नहीं हो रहा। मुझसे अब और सोचा नहीं जा रहा। मैं हरेक चीज पर अपनी पकड़ ढीली करके बस तिरती हुई नीचे जाना चाहती हूँ, नीचे, ठीक उन बेचारी, थकित पत्तियों की तरह।''

''सोने की कोशिश करो,'' सू ने कहा, ''मुझे बूढ़े वैरागी खान मजदूर की मॉडलिंग के लिए बेरमैन को यहाँ लेकर आना होगा। मुझे एक मिनट भी नहीं लगेगा। जब तक मैं न आ जाऊँ, हिलने-डुलने की कोशिश मत करना।''

बूढ़ा बेरमैन एक चित्रकार था, जो उनके नीचे ग्राउंड फ्लोर पर रहता

था। वह साठ का हो चुका था और उसकी दाढ़ी माइकेल एंजेलो के मूसा की दाढ़ी की तरह थी, किसी वन देवता के सिर से एक पिशाच शिशु के शरीर तक घुँघराली नीचे आती हुई। बेरमैन एक असफल चित्रकार था। चालीस साल से वह कूची भाँजता आ रहा था और अभी तक अपनी स्वामिनी के वस्त्र के पल्लू को भी नहीं छू पाया था। वह हमेशा एक शाहकार बनाने की तैयारी में रहता था, लेकिन आज तक उसे शुरू नहीं कर पाया था। कई सालों से उसने व्यावसायिक स्तर पर या विज्ञापन के लिए कभी-कभार लीपा-पोती करने के अलावा और कुछ नहीं किया था। वह कॉलोनी के उन युवा चित्रकारों के लिए मॉडलिंग करके थोड़ा-बहुत कमा लेता था, जो किसी पेशेवर मॉडल की ऊँची फीस नहीं दे सकते थे। वह बहुत ज्यादा जिन पीता था और अभी भी अपने आने वाले शाहकार की बातें किया करता था। बाकी वह एक भयानक नन्हा बूढ़ा था, जो किसी भी व्यक्ति में ज्यादा नजाकत देखकर उसका मजाक उड़ाता था। वह अपने आपको ऊपर वाले स्टूडियो में रहने वाली दो कमसिन चित्रकारों की रक्षा करनेवाला तैनात कुत्ता मानता था।

सू जब नीचे उसके कमरे में पहुँची तो वहाँ बहुत कम रोशनी थी और बेरमैन धूप-चंदन की जोरदार खुशबू ले रहा था। कमरे के एक कोने में एक चित्रफलक पर एक कोरा कैनवस था, जो वहाँ पिछले पच्चीस सालों से उस शाहकार की पहली रेखा खींचे जाने का इंतजार कर रहा था। सू ने उसे जॉनसी की खाम-खयाली के बारे में बताया, और यह भी बताया कि कैसे उसे यह डर है कि जब दुनिया पर उसकी कमजोर पकड़ और भी ढीली पड़ जाएगी तो वह सचमुच खुद भी एक पत्ती की तरह गिर जाएगी।

बूढ़े बेरमैन की आँखों से पानी बह चला। उसने इस तरह की बेवकूफी भरी कल्पनाओं पर चिल्ला-चिल्लाकर अपने तिरस्कार और उपहास को व्यक्त किया।

"क्या!" वह चिल्लाया, "क्या इस दुनिया में ऐसे मूर्ख लोग भी हैं जो बस इसलिए मर जाएँगे कि किसी भरमाई बेल से पत्तियाँ गिर रही हैं ? मैंने

आज तक ऐसी बकवास नहीं सुनी। नहीं, मैं तुम्हारे मूर्ख वैरागी-शैरागी के लिए मॉडल नहीं बनूँगा। तुमने यह बेवकूफी की बात उसके दिमाग में आने ही क्यों दी? बेचारी छोटी मिस जॉनसी!''

''वह बहुत बीमार और कमजोर हो रही है,'' सू ने कहा, ''बुखार ने उसके दिमाग को बिगाड़कर रख दिया है और अजीब-अजीब कल्पनाओं से भर दिया है। ठीक है, बेरमैन साहब, अगर आप मेरे लिए मॉडलिंग नहीं करना चाहते, तो मत करिए। लेकिन मेरा खयाल है कि आप एक बेकार खूसट गपोड़िए हैं।''

''तुम भी बिलकुल दूसरी औरतों जैसी हो!'' बेरमैन चिल्ला पड़ा, ''यह किसने कहा कि मैं मॉडलिंग नहीं करूँगा? चलो, मैं तुम्हारे साथ चल रहा हूँ। आधे घंटे से मैं यह कहने की कोशिश कर रहा हूँ कि मैं मॉडलिंग को तैयार हूँ। देखो, इस जगह मिस जॉनसी जैसी कोई अच्छी लड़की बीमार नहीं रहेगी। एक दिन मैं एक शाहकार बनाऊँगा और फिर हम सब यहाँ से चले जाएँगे। समझी! हाँ।''

जब वे दोनों ऊपर पहुँचे तो जॉनसी सो रही थी। सू ने खिड़की का परदा गिरा दिया और बेरमैन को दूसरे कमरे में जाने का इशारा किया। वहाँ जाकर उन्होंने डरते हुए खिड़की के बाहर झाँककर सिरपेंचे की बेल को देखा। फिर उन्होंने बिना कुछ बोले एक क्षण एक-दूसरे को देखा। बाहर लगातार ठंडी बारिश पड़ रही थी, जिसमें बर्फ भी थी। बेरमैन अपनी पुरानी नीली कमीज पहने चट्टान के तौर पर उलटी रखी केतली पर एक वैरागी खान मजदूर की तरह बैठ गया।

जब सू एक घंटे की नींद लेकर अगली सुबह उठी तो उसने देखा कि जॉनसी उदास, खुली आँखों से हरे परदे को देख रही थी।

''इसे उठा दो! मैं देखना चाहती हूँ।'' उसने बहुत ही धीमे स्वर में आदेश दिया।

सू ने विवश होकर उसका कहना कर दिया।

लेकिन देखो, पूरी रात चली तड़ातड़ बारिश और हवा के भयंकर झोंकों के बाद भी ईंट की दीवार पर सिरपेंचे की एक पत्ती अभी भी लगी हुई थी। बेल की यह आखिरी पत्ती थी। अपने डंठल के पास यह अभी भी गहरी हरी थी, लेकिन मौसम के थपेड़ों से इसके किनारे कट-फट गए थे और वहाँ यह पीली पड़ रही थी, और इसी दिशा में वह जमीन से कोई बीस फीट ऊपर एक शाखा से बहादुरी से लटकी हुई थी।

"यह आखिरी पत्ती है," जॉनसी बोली, "मैंने तो सोचा था कि यह रात में जरूर गिर जाएगी। मैंने तेज हवा का शोर सुना था। वह आज गिर जाएगी, और उसी के साथ मैं भी मर जाऊँगी।"

"जानूनू, जानू!" सू ने अपने मुरझाए चेहरे को उसके तकिए पर झुकाते हुए कहा, "अपने बारे में नहीं तो कम-से-कम मेरे बारे में सोचो। मैं क्या करूँगी?"

लेकिन जॉनसी ने कोई जवाब नहीं दिया। सारी दुनिया में सबसे अकेली चीज एक आत्मा होती है, जब यह अपनी रहस्यमयी, सुदूर यात्रा पर जाने की तैयारी कर रही होती है। जब उसे दोस्ती और धरती से बाँधने वाले बंधन एक-एक कर ढीले हो गए तो कल्पना ने जैसे उसे और भी मजबूती से जकड़ लिया।

पूरा दिन बीत गया और धुँधलके में भी वह अकेली सिरपेंचे की पत्ती अपने डंठल समेत दीवार पर अभी भी चिपटी दिखाई दे रही थी। और रात आने पर उत्तरी हवा एक बार फिर चल पड़ी, जबकि बारिश खिड़कियों पर अभी भी तड़ातड़ पड़ रही थी और कम ऊँचाई वाले डच छज्जों से नीचे गिर रही थी।

जब पर्याप्त रोशनी हो गई तो जॉनसी ने आदेश दिया कि परदे को उठा दिया जाए।

सिरपेंचे की पत्ती अभी भी वहाँ थी।

जॉनसी देर तक लेटी इसे देखती रही। फिर उसने सू को आवाज दी,

जो गैस चूल्हे पर अपना चिकन सूप चला रही थी।

''सूडी, मैं खराब लड़की हूँ,'' जॉनसी ने कहा, ''यह आखिरी पत्ती वहाँ इसलिए टिकी हुई है, ताकि मैं यह समझ लूँ कि मैं कितनी दुष्ट हूँ। मरने की इच्छा करना पाप है। अब तुम मुझे थोड़ा शोरबा और दूध में थोड़ी पोर्ट मदिरा डालकर दे सकती हो, और नहीं, पहले मुझे एक शीशा लाकर दो और मेरे सहारे के लिए तकिए लगा दो, मैं बैठकर तुम्हें खाना पकाते देखूँगी।''

एक घंटे बाद वह बोली—

''सूडी, एक दिन मैं नेपल्स की खाड़ी का चित्र बनाऊँगी।''

डॉक्टर दोपहर बाद आए, और जब वह आने लगे तो सू उनके बहाने से गलियारे में आ गई।

''अच्छी संभावनाएँ हैं।'' डॉक्टर ने सू का पतला, काँपता हाथ अपने हाथ में लेते हुए कहा, ''अच्छी देखभाल करके तुम जीत जाओगी। अब मुझे नीचे जाकर एक और मरीज को देखना होगा। बेरमैन नाम है उसका मुझे लगता है कोई चित्रकार ही है वह। उसे भी निमोनिया है। वह बूढ़ा और कमजोर आदमी है, उसे बहुत निमोनिया हुआ है। उसके बचने की कोई उम्मीद नहीं है, लेकिन उसे आज अस्पताल पहुँचाया जा रहा है। वहाँ वह ज्यादा आराम से रह सकेगा।''

अगले दिन डॉक्टर ने सू से कहा, ''वह खतरे से बाहर है। तुम जीत गईं। अब खिलाई-पिलाई और देखभाल—और कुछ नहीं करना।''

और उस दोपहर बाद सू उस पलंग के पास गई जहाँ जॉनसी लेटी हुई थी। उसके चेहरे पर शांति और संतोष का भाव था और वह कंधे पर डालने के लिए एक बहुत नीला और बेकार सा ऊनी स्कार्फ बुन रही थी। सू ने उसे तकियों समेत अपनी बाँह में समेट लिया।

''मुझे तुमसे कुछ कहना है, सफेद चुहिया,'' वह बोली, ''बेरमैन महाशय आज अस्पताल में निमोनिया से मर गए। वह बस दो दिन बीमार रहे। बीमारी के पहले दिन की सुबह वह चौकीदार को नीचे अपने कमरे में

दर्द से असहाय मिले थे। उनके जूते और कपड़े पूरे भीगे हुए थे और बर्फ से ठंडे हो रहे थे। वे लोग समझ ही नहीं पाए कि वह इतनी भयंकर रात में आखिर गए कहाँ थे। फिर उन्हें एक लालटेन मिली, जो अभी भी जली हुई थी, और एक सीढ़ी मिली, जिसे उसकी जगह से घसीटकर लाया गया था, और इसके अलावा कुछ कूचियाँ बिखरी मिलीं, और एक रंगों वाली तख्ती मिली, जिस पर हरा और पीला रंग मिलाया गया था, और जरा खिड़की से बाहर दीवार पर सिरपेंचे की उस आखिरी पत्ती को देखो। तुम्हारे दिमाग में क्या यह बात कभी नहीं आई कि इतनी तेज हवा चलने पर भी यह पत्ती न कभी फड़फड़ाई और न हिली? अरे जानू, यह बेरमैन का शाहकार है—उन्होंने इसे उस रात बनाया था जब आखिरी पत्ती गिरी थी।''

□

कैक्टस सिटी का खरीददार

यह अच्छा ही है कि नाक और गले को पकड़ने वाला यह बुखार (हे फीवर) और जुकाम टेक्सास के कैक्टस सिटी के स्वस्थ परिवेश में नहीं होते, क्योंकि वहाँ के कपड़ों के स्टोर नावारो ऐंड प्लैट पर छींकाकशी नहीं की जा सकती।

कैक्टस सिटी के बीस हजार लोग अपनी मनपसंद चीजों के लिए अपने चाँदी के सिक्के खुलकर लुटाते हैं। इस अधकीमती धातु का एक बड़ा ढेर नावारो ऐंड प्लैट के पास चला जाता है। उनकी बड़ी पक्की इमारत में इतनी जगह है कि वहाँ एक दर्जन भेड़ें चर सकती हैं। वहाँ से आप रैटल साँप की खाल की टाई, मोटरगाड़ी या पचासी डॉलर वाला बिलकुल नए फैशन का लेडीज रेन कोट बीस अलग-अलग शेड में खरीद सकते हैं। नावारो ऐंड प्लैट ने ही सबसे पहले कोलराडो नदी के पश्चिम में पेनी के सिक्के चलाए थे। वे पहले फार्म हाउस के काम में इस्तेमाल हुआ करते थे और उनके दिमाग व्यापार में खूब चलते थे। उन्होंने यह बात समझ ली थी कि मुफ्त की घास बीत जाने के बाद जरूरी नहीं था कि संसार का चक्र रुक ही जाए।

नावारो ऐंड प्लैट का सीनियर पार्टनर नावारो था। वह पचपन साल का, आधा स्पेनिश, कॉस्मोपॉलिटन, काबिल और सभ्य था। हर वसंत, वही माल खरीदने न्यूयॉर्क जाता रहता था। इस साल वह इतना लंबा सफर करने

से झिझक रहा था। इसमें कोई शक नहीं था कि वह बूढ़ा हो रहा था और दोपहर आने से पहले वह कई बार अपनी घड़ी देख लेता था।

''जॉन,'' उसने अपने जूनियर पार्टनर से कहा, ''इस साल माल खरीदने तुम जाओगे?''

प्लैट थका हुआ दिख रहा था।

''मैंने सुना है,'' उसने कहा, ''कि न्यूयॉर्क एकदम बेजान शहर है, लेकिन मैं जाऊँगा। मैं रास्ते में रुककर कुछ दिन सैन अंतोन में घूम-फिर सकता हूँ और थोड़ी तफरीह कर सकता हूँ।''

उसके दो हफ्ते बाद एक व्यक्ति लोआर, ब्रॉडले इलाके में स्थित चोगों और सूट की थोक की दुकान जिजबॉन ऐंड सन में दाखिल हुआ। वह टेक्सास का पूरा सूट पहने था—काला फ्रॉककोट, चौड़े किनारे वाला मुलायम हैट और 3-4 इंच ऊँची कॉलर, और उस पर काली, पिटे लोहे की टाई।

बूढ़े जिजबॉम की आँखें बाज जैसी और याददाश्त हाथी की थी। उसका दिमाग बढ़ई के रूल की पहेली की तरह तीन बार में खुलता था। वह ध्रुवीय सफेद रीछ की तरह लुढ़कता हुआ सामने आया और प्लेट से हाथ मिलाया।

''और टेक्सास में नावारो साहब के क्या हाल हैं?'' उसने कहा, ''इस साल उनके लिए यह सफर लंबा हो गया, इसलिए? उनकी जगह हम मिस्टर प्लैट का स्वागत करते हैं।''

''बिलकुल सही निशाना,'' प्लैट ने कहा, ''और मैं यह जानने के लिए पेकोस में चालीस एकड़ असिंचित जमीन दे सकता हूँ कि आपने यह कर कैसे लिया।''

''मैं जानता था,'' जिजबॉम ने खीसें निपोरते हुआ कहा, ''जैसे मैं यह जानता हूँ कि इस साल एल पासो में 28.5 इंच यानी 15 इंच अधिक बारिश हुई, और यह भी जानता हूँ कि मैं इसलिए नावारो ऐंड प्लैट सूखे साल के 10 हजार डॉलर के बजाय इस वसंत के मौसम में 15 हजार डॉलर के सूट

खरीदेंगे। लेकिन यह सब तो कल होगा। पहले तो मेरे निजी दफ्तर में चलकर एक सिगार हो जाए, जिससे आपके मुँह से उन सिगारों का स्वाद जाता रहेगा, जिन्हें आप रियो ग्रांद के उस पार से या ऐसी ही किसी और जगह से चोरी–छिपे हासिल करते हैं, क्योंकि वे चोरी–छिपे मिलते हैं।''

दोपहर बीत चुकी थी और दिन का काम समाप्त हो चुका था। जिजबॉम ने प्लैट को आधा सिगार पीते छोड़ा और अपने निजी दफ्तर से निकलकर अपने बेटे (ज़िज़बॉम ऐंड सन के 'सन') के पास आया। बेटा जाने की तैयारी में था और एक आईने के सामने अपनी हीरे की स्कार्फ–पिन ठीक कर रहा था।

जिजबॉम ने बेटे से कहा, ''ऐबे, आज रात तुम्हें मि. प्लैट को घुमाना–फिराना होगा। ये हमारे दस साल पुराने ग्राहक हैं। मि. नावारो जब भी आते थे तो मैं उनके साथ खाली समय में शतरंज खेलता था। यह अच्छा है, लेकिन मि. प्लैट जवान हैं और पहली बार न्यूयॉर्क आए हैं। उनका मन बहलाव होना चाहिए।''

''बिलकुल ठीक,'' ऐबे ने अपनी पिन को कसते हुए कहा, ''मैं उन्हें ले जाऊँगा। जब तक वह होटल ऐस्टर में हेड वेटर और फ्लैटाइरन को देखेंगे और ग्रामोफोन पर 'अंडर दि ओल्ड ऐपल ट्री' सुनेंगे, तब तक साढ़े दस बज जाएँगे, और मि. टेक्सास अपने कंबल में घुसने को तैयार होंगे। मुझे साढ़े ग्यारह बजे कहीं खाने पर जाना है, लेकिन वह उससे पहले मिसिज विनस्लो के हवाले होंगे।''

अगली सुबह दस बजे प्लैट कारोबार के लिए तैयार होकर दुकान में पहुँचा। उसने अपने कोट के कॉलर पर हाथसिंथ का एक गुच्छा लगाया हुआ था। जिजबॉम ने खुद उसकी आवभगत की। नावारो ऐंड प्लैट अच्छे ग्राहक थे और नगद में अपनी छूट लेनी कभी नहीं छोड़ते थे।

''और हमारे इस छोटे से कस्बे के बारे में आपकी क्या राय बनी?'' अपनी मूर्खतापूर्ण मनहट्टनी मुसकान के साथ जिजबॉम ने पूछा।

''मैं यहाँ रहना नहीं चाहूँगा,'' टेक्सासवासी ने कहा, ''कल आपका बेटा

और मैं थोड़ा इधर-उधर गए थे। आपके यहाँ पानी अच्छा है, लेकिन कैक्टस सिटी में रोशनी का इंतजाम ज्यादा अच्छा है।''

''हमारे यहाँ ब्रॉडवे पर कुछ रोशनी है, आपको ऐसा नहीं लगता क्या मि. प्लैट?''

''और बहुत सारी छायाएँ भी,'' प्लैट ने कहा, ''आपके यहाँ के घोड़े मुझे सबसे अच्छे लगे। जब से मैं यहाँ आया हूँ, मुझे एक भी क्रोबेट के दर्शन नहीं हुए।''

जिजबॉम उसे सूट के नमूने दिखाने ऊपर ले गया।

''मिस ऐशर से कहो कि यहाँ आए।'' उसने एक क्लर्क से कहा।

मिस ऐशर आई और, नावारो ऐंड प्लैट के, प्लैट को पहली बार लगा कि रूमानियत और अलौकिक सौंदर्य की अद्‌भुत उजली आभा उस पर अवतरित हो रही है। वह कोलराडो की घाटी के ऊपर किसी स्फटिक शिला सा वहीं खड़ा-का-खड़ा रह गया। उसकी विस्फारित आँखें मिस ऐशर पर जम गईं। मिस ऐशर ने उसे इस तरह टकटकी लगाए देखा तो थोड़ा शरमा गई, जो उसकी आदत के विपरीत था।

जिजबॉम ऐंड सन की अव्वल मॉडल थी मिस ऐशर। वह सुनहरे बालों वाली ऐसी बाला थी, जिन्हें 'मध्यम' कहा जाता है। उसकी नाप भी 38-25-42 के वांछित मानक से थोड़ी बेहतर ही थी। जिज़बॉम में उसे दो साल हो गए थे और वह अपने काम को बखूबी समझती थी। उनकी निगाह में चमक थी, लेकिन ठंडक भी थी। अगर वह मशहूर बासिलिस्क (नागराज) की आँखों से आँखें मिलाती तो, उस दैत्य की आँख पहले झपकती। उसे खरीददारों की परख थी।

''अब मि. प्लैट,'' जिज़बॉम ने कहा, ''मैं चाहता हूँ, आप लाइट शेड्स के इन प्रिंसेस गाउन को देखें। आपके यहाँ की आबोहवा में ये खूब चलेंगे। पहले यह मिस ऐशर।''

और वह बेहतरीन मॉडल बड़ी तेजी से एक से बढ़कर एक पोशाक

पहनकर दिखाने लगी। वह एक पोशाक पहनकर दिखाती और फिर फुरती के साथ ड्रेसिंग रूम में जाकर उसे बदलकर दूसरी पहन आती। हर बार वह और भी गजब ढा रही थी। वह पूरे आत्म-विश्वास के साथ खरीददार के सामने खड़ी होती और वह अवाक्-अचल खड़ा उसे ताकता ही रह जाता, जबकि जिजबॉम बड़े मीठे शब्दों में उस अंदाज का बखान करता जा रह था। मॉडल के चेहरे पर उसकी मंद-मंद, निरपेक्ष पेशेवर मुसकान थी, जैसे वह उकताहट या घृणा जैसे किसी भाव को छिपा रही हो।

नुमाइश खत्म हुई तो प्लैट कुछ झिझकता सा दिखा। जिजबॉम को थोड़ी चिंता हो गई कि उसका ग्राहक कहीं और माल देखने का विचार न कर ले। लेकिन प्लैट तो मन-ही-मन बस कैक्टस सिटी में सबसे अच्छी जगह के बारे में सोच रहा था और उनमें से ऐसी एक जगह चुनने की कोशिश कर रहा था, जहाँ वह अपनी होने वाली पत्नी के लिए एक घर बना सके—जो उस पल ड्रेसिंग रूम में लवेंडर और महीन रेशमी जाली का एक ईवनिंग गाउन उतार रही थी।

"कोई जल्दी नहीं है, मि.प्लैट," जिजबॉम ने कहा, "आज रात है आपके पास सोचने के लिए। आपको इन दामों में ऐसा माल और कोई नहीं दे सकता। मुझे लग रहा है कि न्यूयॉर्क में आप बोर हो रहे हैं, मि.प्लैट। आपके जैसा नौजवान—सच है, आपको लड़कियों का साथ नहीं मिल पा रहा है। क्या आप एक अच्छी जवान लड़की को आज रात खाने पर ले जाना पसंद करेंगे? यह मिस ऐशर बहुत अच्छी जवान लड़की है, यह आपको खुश रखेगी।"

"लेकिन यह तो मुझे जानती तक नहीं," प्लैट ने चकित होते हुए कहा। "वह तो मेरे बारे में कुछ भी नहीं जानती। क्या वह जाएगी? मैं उससे परिचित भी नहीं हूँ।"

"क्या वह जाएगी?" जिजबॉम ने भौंहें ऊँची करके दोहराया, "बिल्कुल जाएगी वह। मैं आपका परिचय कराता हूँ।"

उसने मिस ऐशर को ऊँची आवाज में बुलाया।

वह आई तो अपनी सफेद कुरती और सादी काली कमीज में थी। वह शांत थी और उसमें थोड़ा घृणा का भाव था।

"मि. प्लेट आज रात तुम्हारे साथ खाने पर जाना चाहेंगे।" जिजबॉम ने चलते-चलते कहा।

"क्यों नहीं," मिस ऐशर ने छत को ताकते हुए कहा, "मुझे बहुत खुशी होगी। नौ-ग्यारह पश्चिमी बसीवीं गली। किस समय?"

"यही कोई सात बजे।"

"ठीक है, लेकिन मेहरबानी करके समय से पहले न आएँ। मैं एक स्कूल टीचर के साथ एक कमरे में रहती हूँ, और वह किसी आदमी को कमरे में आने की इजाजत नहीं देती। वहाँ कोई बैठक भी नहीं है, इसलिए आपको हॉल में इंतजार करना होगा। मैं तैयार रहूँगी।"

साढ़े सात बजे प्लैट और मिस ऐशर, दोनों ब्रॉडवे के एक रेस्टोरेंट में बैठे थे। वह काले रंग की एक सादी झीनी पोशाक पहने थी। प्लैट को नहीं पता था कि यह उसके रोज के काम का हिस्सा था।

एक अच्छे वेटर की संकोच भरी मदद से प्लैट ने बढ़िया खाने का ऑर्डर दे दिया, लेकिन उसमें वह सब शामिल नहीं था जो अमूमन ब्रॉडवे में खाने से पहले लिया जाता है।

मिस ऐशर ने उस पर एक मोहक मुसकान बिखेरी।

"क्या, मैं पीने को कुछ नहीं ले सकती?" उसने पूछा।

"क्यों नहीं, बिलकुल," प्लैट ने कहा, "जो तुम चाहो।"

"एक ड्राई मार्टिनी।" मिस ऐशर ने वेटर से कहा।

वेटर ने मार्टिनी लाकर मिस ऐशर के आगे रखी तो प्लैट ने हाथ बढ़ाकर उसे उठा लिया।

"यह क्या है?" उसने पूछा।

"कॉकटेल, और क्या!" ऐशर बोली।

"मैं सोच रहा था कि तुमने किसी चाय का ऑर्डर दिया है। यह तो शराब है। तुम यह नहीं पी सकतीं। तुम्हारा पहला नाम क्या है ?"

"मेरे नजदीकी दोस्त," मिस ऐशर ने बहुत ही ठंडे अंदाज में कहा, "मुझे 'हेलन' कहते हैं।"

"सुनो हेलन," प्लैट ने मेज पर आगे झुकते हुए कहा, "कई बरसों से जब खेतों में वसंत के फूल खिलते थे तो मैं किसी के बारे में सोचा करता था, जिसे न तो मैंने कभी देखा था और न ही जिसके बारे में कभी सुना था। कल तुम्हें देखते ही मुझे लगा कि वह तुम थीं। मैं कल घर वापस जा रहा हूँ और तुम मेरे साथ चलोगी। मुझे यह पता है, क्योंकि जब तुमने पहली बार मुझे देखा, तभी मैंने तुम्हारी आँखों में इसे देख लिया था। ऐतराज करने की जरूरत नहीं है, क्योंकि तुम्हें लाइन पर आना ही होगा। रास्ते में मैंने तुम्हारे लिए यह छोटी सी भेंट चुनी थी।"

यह कहते हुए प्लैट ने दो कैरट की हीरे की एक अँगूठी मेज पर सरका दी। मिस ऐशर ने अपने काँटे से उस अँगूठी को वापस प्लैट की तरफ सरका दिया।

"हद से बाहर मत जाइए।" उसने सख्त लहजे में कहा।

"मैं एक लाख डॉलर का मालिक हूँ।" प्लैट बोला, "मैं तुम्हारे लिए पश्चिमी टेक्सास में सबसे बढ़िया घर बनवाऊँगा।"

"आपके पास अगर दस करोड़ भी हों तो भी आप मुझे खरीद नहीं सकते खरीददार महोदय," मिस ऐशर ने कहा, "मैं नहीं सोचती थी कि मुझे आपको इस तरह लताड़ना पड़ेगा। पहली बार में तो आप मुझको दूसरों की तरह नहीं दिखे थे, लेकिन देखती हूँ आप सब एक जैसे ही हैं।"

"सब कौन ?" प्लैट ने पूछा।

"आप सब खरीददार। आप सोचते हैं कि हम लड़कियों को आपके साथ खाने पर जाना पड़ता है, नहीं तो हमारी नौकरी चली जाएगी, इसलिए तो आप लोगों के मन में जो भी आता है बोल देते हैं। अब भूल जाइए। मैं तो

सोचती थी कि आप दूसरों जैसे नहीं हैं, लेकिन अब मैं देख रही हूँ कि मैं गलत थी।''

प्लैट को अचानक जैसे सबकुछ समझ में आ गया और उसने संतुष्टि के भाव में मेज पर अपनी उँगलियाँ थपथपाईं।

''मिल गया मुझे!'' खुशी में बोल पड़ा प्लैट—''निकोलसन वाली जगह, उत्तर की तरफ। वहाँ बलूतों का एक बड़ा कुंज है, और एक झील भी है। वहाँ पुराने मकान को तोड़कर, थोड़ा और पीछे को नया मकान बनाया जा सकता है।''

''बंद कीजिए अपना पाइप,'' मिस ऐशर ने कहा, ''मुझे अफसोस है कि मैं आपको जगा रही हूँ, लेकिन आप लोगों को अब हमेशा-हमेशा के लिए अक्ल आ जानी चाहिए कि आपकी जगह कहाँ है। मुझसे यह उम्मीद की जाती है कि मैं आपके साथ खाने पर जाऊँ और आपको खुश रखूँ, ताकि आप बूढ़े जिजी का माल खरीदें, लेकिन मुझसे यह उम्मीद मत करें कि मैं आपके खरीदे किसी मकान में जाऊँगी।''

''क्या तुम मुझसे यह कहना चाहती हो,'' प्लैट बोला, ''कि तुम इस तरह ग्राहकों के साथ जाती हो, और वे सब तुमसे इसी तरह बातें करते हैं जैसे मैंने की हैं?''

''सब नाटक करते हैं,'' मिस ऐशर ने कहा, ''लेकिन मुझे कहना पड़ेगा कि आपने एक मामले में उन सबको मात दे दी। वे तो अमूमन हीरों की बातें ही करते हैं, मगर आप तो सचमुच हीरा लेकर आए।''

''तुम कब से काम कर रही हो, हेलन?''

''तो मेरा नाम अच्छी तरह याद कर लिया, क्यों है न? मैं आठ साल से अपने आपको पाल रही हूँ। पहले मैं केश देखती थी, फिर मैंने पैकिंग का काम किया, और फिर मैं सेल्सगर्ल रही, और फिर जब मैं बड़ी हो गई तो सूट मॉडल बन गई। मि. टेक्सास वाले, क्या आपको नहीं लगता कि थोड़ी सी शराब होने से यह खाना थोड़ा कम नीरस हो जाता?''

"अब से तुम बिलकुल शराब नहीं पीयोगी, जानेमन। यह सोचना ही भयंकर लगता है कि कैसे—मैं कल दुकान पर आऊँगा और तुम्हें ले जाऊँगा। मैं चाहता हूँ कि हमारे जाने से पहले तुम एक मोटरगाड़ी पसंद कर लो। यहाँ से हमें बस यही खरीदना होगा।"

"ओह, बंद भी कीजिए यह सब। आपको पता नहीं कितनी उकता चुकी हूँ यह सब सुन-सुनकर मैं।"

खाने के बाद वे ब्रॉडवे से टहलते हुए डायना के छोटे से पेड़दार पार्क पर आए। प्लैट की नजर फौरन पेड़ों पर गई और उसे उनके बीच से चक्कर खाती पगडंडी पर घूमना ही था। रोशनी मॉडल की आँखों के दो उजले आँसुओं पर चमक उठी।

"यह मुझे अच्छा नहीं लगता," प्लैट बोला, "बात क्या है ?"

"आप रहने दें," मिस ऐशर ने कहा, "देखिए, इसकी वजह यह है कि जब मैंने आपको पहली बार देखा तो नहीं सोचा था कि आप ऐसे होंगे। मगर आप सब एक जैसे हैं। अब आप मुझे घर पहुँचाते हैं या मैं पुलिस वाले को बुलाऊँ ?"

प्लैट ने उसे उसके हॉस्टल के दरवाजे तक पहुँचा दिया। एक मिनट के लिए दोनों गलियारे में खड़े रहे। मिस ऐशर ने प्लैट को ऐसी नफरत भरी निगाह से देखा कि उसका बलूत का दिल भी काँपने लगा। उसका हाथ मिस ऐशर की कमर पर आधा ही कसा था कि तभी मिस ऐशर ने उसके गाल पर एक झन्नाटेदार तमाचा जड़ा।

प्लैट पीछे हटा तो, कहीं से एक अँगूठी गिरी और टाइलदार फर्श पर उछलती चली गई। प्लैट ने टटोलकर उसे ढूँढ़ लिया।

"अब अपना बेकार का यह हीरा लीजिए और यहाँ से चले जाइए, खरीददार जी!" मिस ऐशर ने कहा।

"यह दूसरी वाली थी—शादी वाली अँगूठी।" अपनी हथेली पर चिकनी, सुनहरी पट्टी को पकड़े हुए उस टेक्सास वासी ने कहा।

उस नीम अँधेरे में मिस ऐशर ने उसे देखा। उस मॉडल की आँखों में उस पल तेज चमक थी।

"तो आपका यह मतलब था? क्या आप—"

तभी मकान के अंदर से किसी ने दरवाजा खोला।

"गुड नाइट," प्लैट ने कहा, "कल दुकान पर तुमसे मिलूँगा।"

मिस ऐशर दौड़कर अपने कमरे में पहुँची और उसने स्कूल टीचर को इस तरह झिंझोड़ दिया कि वह बिस्तर में उठकर बैठ गई और चिल्लाने ही वाली थी— 'आग!'

"कहाँ है?" वह चिल्लाई।

"यही तो मैं जानना चाहती हूँ," उस मॉडल ने कहा, "तुमने तो भूगोल पढ़ा है, एमा, और तुम्हें पता होना चाहिए। यह शहर कहाँ पर है, कैक-कैक-कैरक-कैरकस सिटी, मैं सोचती हूँ यही तो नाम था उसका?"

"तो तुमने इसके लिए मुझे उठाया, तुम्हारी हिम्मत कैसे हुई?" स्कूल टीचर ने कहा, "कैरकस तो वेनेजुएला में है, सच!"

"कैसा है वह?"

"कैसा है क्या? अरे, वहाँ तो ज्यादातर भूकंप, हब्शी, बंदर तथा मलेरिया का बुखार और ज्वालामुखी ही होते हैं।"

"जो भी हो," मिस ऐशर ने खुश होते हुए कहा, "मैं कल वहाँ जा रही हूँ।"

□

कठपुतलियाँ

पुलिसवाला चौबीसवीं स्ट्रीट (गली) एक बेहद अँधेरी तंग गली के नुक्कड़ पर खड़ा था, जहाँ एक उन्नत रेलमार्ग गली को काटता है। समय था सुबह के दो बजे, ठंड और बूँदाबाँदी के बीच बैरी अंधकार सूर्योदय तक पसरा रहनेवाला था।

एक आदमी आराम से, लेकिन तेज कदम रखता उस अँधेरी तंग गली से निकला। उसने एक लंबा ओवरकोट पहन रखा था, उसका हैट थोड़ा सा आगे झुका हुआ था, और एक हाथ में उसने कुछ ले रखा था। पुलिसवाले ने उसे सभ्यता से रोका, लेकिन उसमें निश्‍चितता का वह भाव भी था, जो सचेत हुक्मरानी से जुड़ा होता है। वह समय, तंग गली से जुड़ी बदनामी, राहगीर की हड़बड़ी, उसके हाथ का वह बोझ—ये सब मिलकर। 'संदिग्ध परिस्थितियाँ' पैदा कर रहे थे, जिसका स्पष्टीकरण पुलिस अधिकारी के लिए जरूरी था।

'संदिग्ध' बेझिझक रुक गया और उसने अपना हैट पीछे को सरकाया। बिजली की झपकती रोशनी में उसका भावशून्य, चिकना चेहरा उजागर हो गया। उसकी नाक थोड़ी लंबी थी और आँखें चौकस काली थीं। दस्ताने में बंद अपने हाथ को उसने अपने ओवरकोट की जेब में डाला और उसमें से एक कार्ड निकालकर पुलिसवाले को पकड़ा दिया। उस मंद प्रकाश में पुलिस अधिकारी ने नाम पढ़ा 'चार्ल्स स्पेंसर जेम्स, एम.डी.'। पते में जो गली और

नंबर दिया हुआ था, वह एक इतने ठोस और सम्मानजनक इलाके का था कि उसने उत्सुकता को भी दबा दिया। पुलिस वाले ने डॉक्टर के हाथ में लगी चीज को देखा तो कार्ड की सत्यता और भी पक्की हो गई—यह एक काले चमड़े का खूबसूरत दवाइयों वाला बैग था।

"ठीक है, डॉक्टर!" पुलिस अधिकारी ने कहा और बहुत विनम्रता के साथ एक तरफ हट गया। "हमें अतिरिक्त सतर्कता बरतने के आदेश मिले हैं। इधर हाल ही में चोरी और राहजनी की कई वारदातें हो गई हैं। बाहर निकलने के लिहाज से काफी खराब रात है। इतनी ठंड तो नहीं है, लेकिन भीगापन है।"

अपने सिर को औपचारिकतावश झुकाते हुए और मौसम के बारे में पुलिस अधिकारी के आकलन के समर्थन में एक-दो शब्द कहते हुए डॉक्टर जेम्स एक बार फिर तेज चाल से आगे बढ़ गया। उस रात तीन बार एक गश्त लगाने वाले ने उसके कार्ड और दवाइयों वाले बैग को उसके व्यक्तित्व और उद्देश्य की ईमानदारी के प्रमाण के रूप में स्वीकार किया था। उनमें से कोई भी अधिकारी अगर अगले दिन उस कार्ड के साक्ष्य की जाँच करने को उचित समझता तो, उसे एक दरवाजे पर लगी एक खूबसूरत नेम प्लेट पर लिखे डॉक्टर के नाम से और अपने सुसज्जित क्लीनिक में उसकी उपस्थिति से उसका प्रमाण मिल जाता, जहाँ वह ढंग के कपड़ों में शांत बैठा मिलता। शर्त बस यह थी कि वह वहाँ सुबह बहुत जल्दी न जाए, क्योंकि डॉक्टर जेम्स देर से सोकर उठता था। इसके अलावा, उसके पड़ोसी भी उसकी नेक नागरिकता के, परिवार के प्रति उसके समर्पण भाव के और एक डॉक्टर के तौर पर उसकी कामयाबी के गवाह थे। वह दो साल से उनके बीच रह रहा था।

इसलिए अमन के उन उत्साही पहरेदारों में से कोई भी बहुत चकित होता, अगर वह दवाइयों के उस बेदाग बैग में झाँककर देखता। इसे खोलने पर सबसे पहले तो उसे सेंधमारों द्वारा इस्तेमाल में लाए जाने वाले शानदार

आधुनिकतम औजारों का सेट दिखाई देता। ये शातिर तिजोरी तोड़ चोर जो अपने आपको आजकल 'बॉक्स मैन' कहते हैं, ये खास तौर पर डिजाइन किए और बनाए गए औजारों का इस्तेमाल करते हैं। इनमें छोटा, लेकिन जबरदस्त 'जेमी' था, अजीब तरह से बनी चाबियों का गुच्छा था, नीले बरमे और बेहतरीन पंच थे, जो ठंडे इस्पात को इतनी आसानी से काट सकते थे, जैसे चूहा पनीर को कुतरता है; और ऐसे शिकंजे, जो तिजोरी के पॉलिशदार दरवाजे से किसी जोंक की तरह चिपक जाते हैं और कंबिनेशन मूठ को इस तरह उखाड देते हैं जैसे दाँतों का डॉक्टर किसी दाँत को निकालता है। दवाइयों वाले बैग के अंदर की तरफ एक पाउच में नाइट्रोग्लिसरीन की चार औंस की एक शीशी थी, जो अब आधी खाली थी। औजारों के नीचे तुड़े-मुड़े नोटों का एक ढेर था और कुछ मुट्ठी सोने के सिक्के थे, यह रकम कुल मिलाकर आठ सौ तीस डॉलर बनती थी।

दोस्तों के एक बहुत सीमित दायरे में डॉक्टर जेम्स को 'स्वेल ग्रीक' कहा जाता था। इस रहस्यमय नाम का आधा हिस्सा उसके शांत और सज्जनों जैसे शिष्टाचार का द्योतक था, दूसरा हिस्सा बिरादरी की भाषा में, नेता का, योजना बनाने वाले का, उस व्यक्ति का सूचक था, जो अपने पते और हैसियत की ताकत और प्रतिष्ठा से ऐसी जानकारियाँ जुटा लेता था, जिनके आधार पर वे अपनी योजनाएँ बनाते थे और वारदात करते थे।

इस विशिष्ट दायरे के दूसरे सदस्य थे स्किटसी मॉर्गन और गम डेकर जो दव्दा 'बॉक्स मैन' थे लियोपोल्ड प्रेत्सफेल्डर, जो कस्बे के अंदर रहनेवाला एक जौहरी था जिसका काम था, इन तीनों के जुटाए गहनों को ठिकाने लगाना। ये सभी अच्छे और वफादार लोग थे, जो मेमनॉन की तरह मुँहफट और ध्रुव तारे की तरह अस्थिर थे।

फर्म का विचार था कि उस रात की आमदनी से उनकी मेहनत भी वसूल नहीं हुई थी। एक बहुत पैसे वाली, पुराने ढंग की कपड़ों की फर्म के एक गंदे से दफ्तर की एक पुराने ढंग की, दो मंजिला, बगली बोल्ट वाली

तिजोरी से शनिवार की रात को पच्चीस सौ डॉलर से अधिक निकलने चाहिए थे। लेकिन उन्हें बस इतनी ही रकम मिली, और उन तीनों ने उसे वहीं बराबर-बराबर हिस्सों में बाँट लिया था, जैसाकि उनका रिवाज था। उन्हें दस-बारह हजार की उम्मीद थी। लेकिन मालिकों में से एक थोड़ा ज्यादा ही पुराने ढंग का निकला। अँधेरा होते ही वह अधिकांश रकम अपने घर ले गया था।

डॉक्टर जेम्स चौबीसवीं गली में आगे बढ़ा, जो हर तरह से वीरान दिख रही थी। यहाँ तक कि इस इलाके में रिहाइश रखने वाले थिएटर के लोग भी बहुत पहले अपने बिस्तरों में जा चुके थे। बूँदाबाँदी से पानी गली में जमा हो गया था, पत्थरों के बीच इससे बने चहबच्चे आर्क लाइटों से आग लेकर उसे वापस फेंक रहे थे, और इस तरह ये न जाने कितने ही तरल सलमा-सितारों के रूप में छितरा रहे थे। मकानों के बीच चिमनियों के गले से बौछार में भीगी और ठिठुरन भरी हवा खाँस रही थी।

डॉक्टर के पाँव अपने बाशिंदों से भी अधिक दिखावटी एक ऊँचे, ईंटों के आवास के नुक्कड़ पर पड़े ही थे कि उसका अगला दरवाजा भटाक से खुला और एक हब्शी औरत बड़बड़ाती हुई सीढ़ियों से नीच खड़ंजे पर आई। उसके मुँह से कुछ शब्द निकले, जो उसने अपने आप से ही कहे थे—जब उसकी नस्ल के लोग अकेले और अनिष्ट से घिरे होते हैं तो इसी का सहारा लेते हैं। वह दक्षिणवासी गुलाम तबके की दिखाई दे रही थी—वैसी ही वाचाल, जानी-पहचानी, वफादार, अदम्य; ऐसी ही दिखती थी वह—मोटी, साफ-सुथरी, एप्रिन पहने, स्कार्फ बाँधे।

खामोश मकान से उगली गई यह औचक आकृति सबसे निचली सीढ़ी पर पहुँची ही थी कि सामने से डॉक्टर जेम्स का आना हुआ। उस हब्शी औरत के दिमाग ने अपनी ऊर्जा को ध्वनि से हटाकर दृश्य पर लगाया और बकबक छोड़ अपनी बंटे जैसी आँखों को डॉक्टर के बैग पर जमा दिया।

"भगवान भला करे!" उस दृश्य को देखकर उसके मुँह से यही

आशीर्वचन निकले—"आप डॉक्टर हैं क्या, साहब ?"

"हाँ, मैं फिजीशियन हूँ।" डॉक्टर जेम्स ने ठहरते हुए कहा।

"फिर तो भगवान् के वास्ते चलकर मिस्टर चांडलर को देख लीजिए, साहब। पता नहीं उन्हें दौरा पड़ा है या कुछ और। वह ऐसे लेटे हुए हैं जैसे मर गए हों। मिस एमी ने मुझे किसी डॉक्टर को लाने के लिए भेजा था। भगवान् जाने, मैं कहाँ से डॉक्टर को ढूँढ़कर लाती, अगर आप नहीं आए होते···।" उसने 'शूटिंग' 'पिस्टल शूटिंग' के बारे में कुछ कहा और बेचारी मिस एमी के लिए अफसोस जताया।

"रास्ता बताओ," डॉक्टर जेम्स ने सीढ़ियों पर कदम रखते हुए कहा, "अगर तुम डॉक्टर के रूप में मेरी सेवा चाहती हो। ऑडिटर के रूप में मैं उपलब्ध नहीं हूँ।"

हब्शी औरत उसके आगे-आगे मकान में घुसी और वहाँ सीढ़ियों से ऊपर चली गई, जिन पर मोटी कालीन बिछी थी। दो बार वे धुँधली रोशनी वाले गलियारों से निकले। दूसरे गलियारे से वह रास्ता दिखाने वाली हब्शी औरत एक हॉल में मुड़ी—अब तक वह हाँफ गई थी—और एक दरवाजे पर आकर रुक गई। उसने दरवाजा खोला।

"मैं डॉक्टर को ले आई, मिस एमी।"

डॉक्टर जेम्स ने कमरे में दाखिल होकर एक जवान महिला को हलका सा झुककर अभिवादन किया, जो एक पलंग के पास खड़ी थी। उसने अपना बैग एक कुरसी पर रख दिया, ओवरकोट उतारा, और उसे बैग और कुरसी की पीठ पर फेंककर खामोशी और इत्मीनान के साथ पलंग की ओर बढ़ा।

पलंग पर एक आदमी लेटा था। वह वैसे ही पसरा हुआ था जैसे गिरा था। यह आदमी नए ढंग के अच्छे कपड़े पहने था, बस उसके जूते उतरे हुए थे, वह आराम से पड़ा था, और ऐसा निश्चेष्ट था मानो मर गया हो।

डॉक्टर जेम्स में से शांत बल और आरक्षित शक्ति का एक प्रकाश चक्र निकला, जो उसके उन मरीजों के लिए अमृत समान था, जो कमजोर और

बेसहारा थे। मरीज को देखने और उसका इलाज करने के उसके अंदाज में कुछ था, जिससे खास तौर पर औरतें हमेशा ही आकर्षित हुई थीं। यह उस फैशनेबल उपचारक की कृपाशील विनम्रता नहीं थी, बल्कि संयत रहने का सुनिश्चितता का नियति पर विजयी होने की योग्यता का, सम्मान और सुरक्षा और समर्पण का अंदाजा था। उसकी दृढ़, चमकदार भूरी आँखों में एक टटोलने वाला चुंबकत्व था, उसके चिकने चेहरे की भावशून्य शांति ही नहीं, बल्कि भोले चेहरे में एक छिपा हुआ अधिकार भाव था, जो बाहरी तौर पर उसे विश्वासपात्र और सांत्वना देने वाले की भूमिका के उपयुक्त बनाता था। कभी-कभी तो उसकी पहली बिजिट पर ही औरतें उसे बता देती थीं कि वे रात में अपने हीरे चोरों से बचाकर कहाँ रखती हैं।

डॉक्टर ज़ेम्स अपनी अभ्यासी आँखें बिना घुमाए कमरे में रखे सामान की व्यवस्था और स्तर का अनुमान कर लिया। फर्नीचर बढ़िया और महँगा था। उसी नजर से महिला का भी जायजा ले लिया गया था। वह छोटी थी और बीस से ऊपर नहीं थी। उसका चेहरा सुंदर था और उस पर अब एक औचक दुःख की अपेक्षा (आप कहेंगे) एक स्थायी विकलता का ग्रहण लग गया था। उसके माथे पर, भौंह के ऊपर, चोट का एक नीला निशान था, जो डॉक्टर की नजर ने उसे बता दिया, पिछले छह घंटे के अंदर लगा था।

डॉक्टर जेम्स की उँगलियाँ आदमी की कलाई पर गईं। उसने आँखों-ही-आँखों में महिला से सवाल किया।

''मैं मिसिज चांडलर हूँ,'' महिला ने दक्षिणी लहजे में जवाब दिया, ''मेरे पति आपके आने से कोई दस मिनट पहले अचानक बीमार हो गए। उन्हें पहले भी दिल के दौरे पड़ चुके हैं—कुछ तो बहुत बुरे थे।'' उसने शायद आदमी के कपड़ों की स्थिति और इतनी रात बीत जाने को देखते हुए आगे सफाई दी—''वह देर रात तक बाहर रहे—जरूर खाने पर गए थे।''

अब डॉक्टर जेम्स ने अपने मरीज की ओर ध्यान दिया। अपने जिस भी 'पेशे' में वह किसी वक्त लगा होता था, वह उस 'केस' या 'काम' में पूरी

दिलचस्पी लेता था।

बीमार आदमी तीस के आस-पास का लगता था। उसके चेहरे पर निर्भीकता और दुराचारिता का भाव था, लेकिन उस पर सुडौलपन का अभाव नहीं था और सुरुचि व हास-परिहास से बनी रेखाएँ भी थीं, जो उसमें राहत का रंग भरती थीं। उसके कपड़ों से शराब की गंध आ रही थी।

डॉक्टर ने उसके ऊपरी कपड़ों को पीछे कर दिया और फिर एक जेबी चाकू से उसकी कमीज को सामने से कॉलर से कमर तक चीर दिया। बाधाएँ हट जाने पर उसने आदमी के सीने पर कान लगाकर ध्यान से उसके दिल की धड़कन सुनी।

''माइट्रल रिगर्जिटेशन?'' उसने उठते हुए धीरे से कहा। उसके शब्दों का अंत अनिश्चय में हुआ। दोबारा उसने देर तक सुना, और इस बार उसने कहा, ''माइट्रल इन सफिशिएंसी।'' इस बार उसके लहजे में निश्चित निदान हो जाने का भाव था।

''मैडम!'' उसने आश्वस्त करने वाले ऐसे स्वर में कहा, जिसने कितनी ही बार लोगों की चिंता दूर की थी, ''एक संभावना है— '' और उसने जैसे ही अपना सिर महिला की तरफ घुमाया, उसने उसे बेहोशी की हालत में बुजुर्ग हब्शी औरत की बाँहों में गिरते देखा, वह सफेद पड़ रही थी।

''बेचारी बच्ची! बेचारी बच्ची! उन्होंने आंटी सिंडी के बच्चे को ही मार डाला? भगवान का कोप हो उन पर, जिन्होंने उसे छीन लिया, जिन्होंने उस फरिश्ते का दिल तोड़ा, बरबाद हो जाएँ वे, जिन्होंने— ''

''पैर पकड़कर उठाओ इन्हें,'' डॉक्टर जेम्स ने गिरती हुई महिला को सँभालने में मदद करते हुए कहा, ''इनका कमरा कहाँ है? इन्हें बिस्तर की जरूरत है।''

''अंदर यहाँ, साहब।'' हब्शी औरत ने अपने स्कार्फ से ढके सिर को एक दरवाजे की दिशा में हिलाते हुए कहा, ''वह मिस एमी का कमरा है।''

उन्होंने महिला को अंदर ले जाकर उसे पलंग पर लिटा दिया। उसकी

नब्ज कमजोर, लेकिन लगातार चल रही थी। वह बेहोशी से होश में नहीं आई, सीधे गहरी नींद में चली गई।

"यह बहुत थकी हुई हैं," डॉक्टर ने कहा, "नींद इसका अच्छा इलाज है। जब यह जाग जाएँ तो, इन्हें गरम पानी में थोड़ी वाइन दे देना—और अगर यह पी सकें तो उसमें एक अंडा फेंट देना। इनके माथे पर यह चोट कैसे लगी?"

"हाँ, इन्हें चोट लग गई थी, साहब। बेचारी बच्ची गिर गई—नहीं साहब।" बूढ़ी औरत की नस्ली अस्थिरता ने अचानक उसके आक्रोश को भड़का दिया— "बूढ़ी सिंडी उस शैतान के लिए झूठ नहीं बोलेगी। यह उसी ने किया है साहब। भगवान् उस हाथ को तोड़ दे, जिसने—लेकिन नहीं! सिंडी ने अपनी प्यारी बच्ची से वादा किया था कि वह यह सब बताएगी नहीं। साहब, मिस एमी को सिर पर चोट लगी है।"

डॉक्टर जेम्स एक स्टैंड की तरफ गया, जिस पर एक सुंदर लैंप जल रहा था। उसने उसकी लौ को धीमा कर दिया।

"तुम यहाँ अपनी मालकिन के पास रुको," उसने आदेश दिया, "और खामोश रहना, ताकि वह सो सकें। अगर यह जाग जाएँ तो इन्हें गरम वाइन दे देना। यहाँ कुछ अजीब बात है।"

"यहाँ इससे और भी अजीब बाते हैं," हब्शी औरत ने बोलना शुरू किया, लेकिन डॉक्टर ने उसे ऐसी आवाज में चुप करा दिया, जिसका इस्तेमाल वह कभी-कभी ही करता था, और जिसका इस्तेमाल करके उसने उन्माद को ही शांत कर दिया था। वह दरवाजे को धीमे से बंद कर उस दूसरे कमरे में लौट आया। पलंग पर पड़े आदमी ने कोई हरकत नहीं की थी, लेकिन उसकी आँखें खुली थीं। वह कुछ कहने की कोशिश कर रहा था। डॉक्टर जेम्स ने सुनने के लिए सिर झुकाया। "पैसा! पैसा!" वह यही बुदबुदा रहा था।

"तुम समझ सकते हो मैं क्या कह रहा हूँ?" डॉक्टर ने धीमी, लेकिन

साफ आवाज में कहा।

उस आदमी ने धीरे से सिर हिलाया।

''मैं डॉक्टर हूँ, मुझे तुम्हारी पत्नी ने बुलाया है। तुम मि. चांडलर हो, मुझे यही बताया गया है। तुम बहुत बीमार हो। तुम्हें बिलकुल भी उत्तेजित या परेशान नहीं होना है।''

मरीज ने आँखों के इशारे से डॉक्टर को पास बुलाया। डॉक्टर उसके उन्हीं धीमे शब्दों को सुनने के लिए झुका।

''पैसा—बीस हजार डॉलर।''

''कहाँ है यह पैसा?—बैंक में?''

उस आदमी ने आँखों के इशारे से मना किया।

''उसको बता देना''—उसकी धीमी आवाज और भी धीमी होती जा रही थी—''बीस हजार डॉलर—उसका पैसा।'' उसकी आँखें कमरे में घूम रही थीं।

''तुमने इस पैसे को कहीं रख दिया है?'' डॉक्टर जेम्स की आवाज वैसे ही जोर लगाकर आ रही थी जैसे कि साइरन की आवाज निकलती है, वह उस आदमी की साथ छोड़ती याददाश्त से उस राज को उगलवाना चाहता था—''क्या वह इस कमरे में है?''

उसे लगा उसने आदमी की धुँधली पड़ती आँखों में एक सकारात्मक कंपन देखा। उसकी उँगलियों के नीचे उस आदमी की नब्ज इतनी महीन और छोटी थी जैसे रेशमी धागा।

डॉक्टर जेम्स के दिमाग और दिल में उसके दूसरे पेशे का बोध जाग गया। और तमाम कामों में वह जैसी फुरती करता था, वैसी ही फुरती से उसने इस पैसे का अता-पता जानने का निश्चय कर लिया, और वह भी एक इनसान की जिंदगी की जानी-बूझी और निश्चित कीमत पर।

उसने अपनी जेब से एक पैड निकाला और उसके एक खाली खाने में अपने हिसाब से उस मरीज के लिए सबसे उपयुक्त नुस्खा लिख दिया। फिर

अंदर वाले कमरे के दरवाजे पर जाकर उसने धीमे से बुजुर्ग औरत को पुकारा, उसे परचा पकड़ाया, और उससे कहा कि किसी केमिस्ट से जाकर वह दवा ले आए।

जब वह आप-ही-आप बड़बड़ाती हुई चली गई तो डॉक्टर महिला के पलंग के पास गया। वह अभी भी गहरी नींद में सो रही थी; उसकी नब्ज थोड़ी सुधर गई थी; उसका माथा ठंडा था, लेकिन जहाँ उसे चोट लगी थी और सूजन आ गई थी, वहाँ हलका सा गीलापन था। अगर उसकी नींद में विघ्न नहीं डाला गया तो वह अभी भी कई घंटे सोने वाली थी। डॉक्टर को दरवाजे में चाबी मिल गई और बाहर आकर उसने उसमें ताला लगा दिया।

डॉक्टर जेम्स ने अपनी घड़ी देखी। उसके पास आधा घंटा था, क्योंकि उससे पहले तो वह बुजुर्ग औरत दवा लेकर लौटने वाली नहीं थी। फिर उसे ढूँढ़ने पर एक बरतन में पानी और एक काँच का गिलास मिल गया। अपना बैग खोलकर उसने वह शीशी निकाली, जिसमें नाइट्रो-ग्लिसरीन थी, जिसे उसके दूसरे पेशे के साथी 'तेल' कहते थे।

इस हलके पीले रंग के गाढ़े से तरल की एक बूँद उसने गिलास में गिर जाने दी। उसने सीरिंज निकालकर उसमें सूई लगाई। सीरिंज में पानी की मात्रा को सावधानी से नापकर, उसने उस एक बूँद को लगभग आधा गिलास पानी में मिलाया।

उस रात दो घंटे पहले डॉक्टर जेम्स ने उस सीरिंज से बिना पानी मिला तरल एक तिजोरी में बनाए गए एक छेद में पहुँचाया था और एक हलके विस्फोट से उस मशीनरी को ध्वस्त कर दिया था, जिससे बोल्टों की हरकत नियंत्रित होती थी। अब वह उसी माध्यम से एक इनसान की सबसे खास मशीनरी को हिला देना चाहता था—उसके दिल को फाड़ देना चाहता था, और हर कुकृत्य उस पैसे के लिए था जो इसके बाद मिलने वाला था।

वही माध्यम, लेकिन एक अलग रूप में। जहाँ वह अपनी अशिष्ट विस्फोटक ताकत वाला दैत्य था, वहीं यह शिष्ट मृदुभाषी था, जिसकी उतनी

ही मारक बाँहें मलमल और लेस में छिपी थीं। क्योंकि गिलास और सीरिंज का वह तरल, जो डॉक्टर ने सावधानीपूर्वक भरा था, वह अब ग्लोनॉइन का मिश्रण था, जो चिकित्सा जगत् में ज्ञात सबसे तेज हृदय उत्तेजक था। इसके दो औंस ने लोहे की तिजोरी के ठोस दरवाजे को फाड़ दिया था, अब एक बूँद के पचासवें हिस्से से वह एक इनसान की जिंदगी की पेचीदा मशीनरी को हमेशा के लिए खामोश कर देने वाला था।

लेकिन तुरंत नहीं। इरादा यह नहीं था। पहले तो दमखम की तेजी से बढ़ोतरी होगी, हर अंग और विभाग को एक जबरदस्त गति मिलेगी। इस घातक तेजी का जवाब दिल बहादुरी से देगा, शिराओं का खून अपने स्त्रोत की तरफ और तेजी से लौटेगा।

लेकिन जैसाकि डॉक्टर जेम्स को अच्छी तरह से पता था, इस प्रकार के हृदय रोग में अतिशय उत्तेजना का मतलब होता है सुनिश्चित मौत, जैसे बंदूक की गोली से। जब सेंधमार के 'तेल' की ताकत से अवरुद्ध धमनियों में पहुँचाए गए रक्त के बढ़े हुए प्रवाह से ये धमनियाँ संकुचित हो जाएँगी तो वे फौरन ही 'आम रास्ता नहीं' रह जाएँगी, और जीवन का सोता बहना बंद हो जाएगा।

डॉक्टर ने बेहोश चांडलर का सीना खोला। उसने आसानी और होशियारी से दिल के ऊपर की मांसपेशियों में सीरिंज में भरा तरल सूई के जरिये पहुँचा दिया। अपने दोनों व्यवसायों की साफ आदतों के अनुकूल ही, उसके बाद उसने सावधानी- पूर्वक अपनी सूई को साफ किया और उस महीन तार को उसमें फिर से डाल दिया, जो इस्तेमाल न होने के समय उसमें पड़ा रहता था।

तीन मिनट में चांडलर ने आँखें खोलीं और धीमे, किंतु सुने जा सकने वाले स्वर में पूछा कि उसके पास कौन है। डॉक्टर जेम्स ने एक बार फिर उसे वहाँ अपनी उपस्थिति के बारे में बताया।

''मेरी पत्नी कहाँ है ?'' मरीज ने पूछा।

"वह सो रही हैं—थकान और चिंता के कारण," डॉक्टर ने कहा, "मैं उन्हें नहीं जगाऊँगा, जब तक कि—"

"इसकी जरूरत नहीं है," चांडलर ने शब्दों को तोड़-तोड़कर कहा, "क्योंकि किसी दैत्य की वजह से उसकी साँस उखड़ रही थी। वह तुम्हें धन्यवाद नहीं देगी— मेरी वजह से उसे परेशान करने के लिए।"

डॉक्टर जेम्स ने उसके पलंग के पास एक कुरसी खींच ली। वह चाहता था, बातचीत का एक अंश भी बेकार न जाए।

"अभी कुछ मिनट पहले," उसने अपने दूसरे पेशे के उस गंभीर, स्पष्ट निर्भीक लहजे में कहना शुरू किया, "तुम मुझे किसी पैसे के बारे में कुछ बताना चाहे रहे थे। मैं तुम्हारा विश्वास नहीं जीतना चाहता, लेकिन तुम्हें सलाह देने का मेरा फर्ज बनता है कि फिक्र और परेशानी तुम्हें ठीक नहीं होने देंगी। अगर तुम्हें इस बारे में कुछ कहना है, अपने मन का बोझ हलका करना है—बीस हजार डॉलर ही कहे थे तुमने मेरे खयाल में—तो बेहतर होगा तुम यह कर डालो।"

चांडलर अपना सिर तो नहीं घुमा पाया, लेकिन उसने बोलने वाले की दिशा में अपनी आँखें घुमाईं।

"क्या मैंने यह बताया—यह पैसा कहाँ है ?"

"नहीं," डॉक्टर ने जवाब दिया।" मैंने तो तुम्हारी बात से अंदाजा लगाया, जो मुश्किल से समझ में आ रही थी कि तुम इसकी सुरक्षा को लेकर चिंतित थे। अगर यह इसी कमरे में है ?"

डॉक्टर जेम्स ठहर गया। क्या उसे अपने मरीज के व्यंग्यपूर्ण चेहरे पर समझ की एक झपझपाहट, शक की एक चमक दिखाई दी थी ? क्या वह बहुत अधिक उत्सुक दिखाई दे रहा था ? क्या वह बहुत अधिक बोल गया था ? चांडलर ने आगे जो कहा, उससे उसका आत्मविश्वास लौट आया।

"और कहाँ होगा यह," उसने हाँफते हुए कहा, "सिवाय वहाँ—उस तिजोरी के ?"

अपनी आँखों से उसने कमरे के एक कोने की तरफ इशारा किया, जहाँ अब पहली बार डॉक्टर ने लोहे की एक छोटी सी तिजोरी देखी, जो एक खिड़की के परदे के लटकते सिरे से आधी छिपी हुई थी।

उसने उठते-उठते बीमार आदमी की कलाई को पकड़ा। उसकी नब्ज बहुत जोर-जोर से चल रही थी और बीच-बीच में अशुभ संकेत देते हुए रुक जाती थी।

"अपना हाथ उठाओ! " डॉक्टर जेम्स ने कहा।

"तुमको पता है— मैं हिल नहीं सकता, डॉक्टर।"

डॉक्टर तेजी से हॉल के दरवाजे पर गया और उसने उसे खोलकर आहट ली। सबकुछ शांत था। आगे-पीछे किए बिना वह तिजोरी के पास गया और उसका मुआयना करने लगा। यह बाबा आदम के जमाने की और साधारण सी तिजोरी थी, जो बस नौकरों की अनाड़ी उँगलियों से ही सुरक्षा दे सकती थी। उसके हुनर के आगे तो यह मात्र एक खिलौना थी, एक दफ्ती का डिब्बा था। पैसा तो बस अब उसके हाथों में ही समझो। अपने औजारों से वह मूठ को खींच सकता था, टंबलरों में छेद कर सकता था और दो मिनट में दरवाजे को खोल सकता था। किसी तरीके से वह इस काम को शायद एक मिनट में ही कर सकता था।

फर्श पर घुटने के बल बैठते हुए उसने अपना कान कंबिनेशन प्लेट पर लगाया और मूठ को धीरे से घुमाया। जैसाकि उसका अंदाजा था, इसका ताला केवल एक नंबर पर लगा था। उसके तेज कान ने चटकने की उस हलकी आवाज को पकड़ लिया, जो टंबलर को छेड़े जाने से पैदा हुई थी; उसने इस संकेत को पकड़कर उसका इस्तेमाल किया तो हत्था घूम गया। उसने दरवाजे को पूरा-का-पूरा खोल दिया।

तिजोरी अंदर से खाली थी—लोहे के इस खोखले डिब्बे में कागज की एक चिंदी भी नहीं रखी थी।

डॉक्टर उठकर खड़ा हो गया और वापस पलंग के पास आया। उस

मरते हुए आदमी के माथे पर नमी की एक मोटी परत बन गई थी, लेकिन उसकी आँखों और होंठों पर एक उपहासजनक, गंभीर मुसकान थी।

"मैंने पहले ऐसा कभी नही देखा," उस आदमी ने पीड़ा में कहा, "डॉक्टरी और चोरी का काम! क्या इस मेल को तुम कारगर बना लेते हो, डॉक्टर प्यारे?"

डॉक्टर जेम्स की महानता की जितनी कठिन परीक्षा इन स्थिति में होने जा रही थी, उतनी पहले कभी नहीं हुई थी। उसके शिकार के शैतानी हास्य ने डॉक्टर को जिस हास्यास्पद और असुरक्षित स्थिति में फँसा दिया था, उसमें उसने अपनी गरिमा और सूझबूझ को बनाए रखा। अपनी घड़ी निकालकर वह उस आदमी के मरने का इंतजार करने लगा।

"तुम उस पैसे के बारे में कुछ ज्यादा ही चिंतित थे। लेकिन इसे तुमसे कभी कोई खतरा था ही नहीं, डॉक्टर प्यारे। यह सुरक्षित है। बिलकुल सुरक्षित। यह सारा पैसा दाँव लगाने वालों के हाथों में सुरक्षित है। बीस हजार—एमी का पैसा। मैंने उसे घुड़दौड़ में लगा दिया—मैं इसकी एक-एक पाई हार गया। मैं बहुत खराब आदमी रहा हूँ। सेंधमार, माफ करना डॉक्टर, लेकिन मैंने सीधा-सीधा खेल किया है। मैं नहीं सोचता—मैंने कभी तुम्हारे जैसा अठारह कैरेट का पाजी देखा है, डॉक्टर—माफ करना—चोर। क्या यह तुम्हारे-गिरोह की नैतिकता के खिलाफ है, चोर किसी शिकार को माफ करना, मरीज को, पानी पिलाना?"

डॉक्टर जेम्स उसके लिए पानी लेकर आया। वह इसे मुश्किल से गटक पाया। इस तेज दवा का असर लगातार और तेजी से हो रहा था। लेकिन जाते-जाते भी उसे एक शिगूफा तो छोड़ना ही था।

"जुआरी-शराबी-उड़ाऊ—मैं यह सब रहा हूँ, लेकिन एक डॉक्टर-सेंधमार!"

डॉक्टर ने उस आदमी के विषैले व्यंग्य बाणों का बस एक ही जवाब दिया। चांडलर की तेजी से जमती दृष्टि को पकड़ने के लिए, नीचे झुकते

हुए उसने उस सोती हुई महिला के कमरे के दरवाजे की तरफ इतने भयंकर और अर्थपूर्ण अंदाज में इशारा किया कि वह दंडवत् आदमी अपनी बची-खुची ताकत बटोरकर अपना सिर आधा उठाकर देखने लगा। उसे कुछ दिखाई नहीं दिया, लेकिन डॉक्टर के निर्दय शब्द उसके कानों में पड़े—ये अंतिम ध्वनियाँ थीं जो उसने सुनी :

''मैंने अभी तक किसी औरत को नहीं मारा।''

इस तरह के आदमियों को बूझने की कोशिश व्यर्थ थी। ऐसी कोई विद्या नहीं है, जो अपने ज्ञान में उनकी बराबरी कर सके। वे इस किस्म के लोग होते हैं, जिनके बारे में लोग या तो यह कहते हैं कि 'वह यह करेगा,' या फिर यह कि 'वह, वह करेगा'। हम बस इतना जानते हैं कि उनका वजूद है, और यह कि हम उन्हें देख सकते हैं, और उनकी हरकतों के बारे में एक-दूसरे को वैसे ही बता सकते हैं, जैसे बच्चे कठपुतलियों को देखते और उनके बारे में बात करते हैं।

फिर भी इन दोनों के बारे में विचार करना अहंकार का अध्ययन करने जैसा था, जिनमें एक हत्यारा और लुटेरा था, जो अपने शिकार के ऊपर खड़ा था, और दूसरा नीचे दरजे के अपराध करनेवाला, एक कमतर कानून भंजक था, जो उस पत्नी के घर में घृणा का पात्र बनकर पड़ा था, जिसे उसने यातना दी थी, बरबाद किया था और पीटा था; एक बाघ था तो, दूसरा श्वान-भेड़िया, उनका एक-दूसरे की दुष्टता पर विचलित होना, दोनों का अपने-अपने प्रकट अपराध के समान नहीं तो, आचरण के, विमल मानदंड के दलदल में से फूलना-फलना।

डॉक्टर जेम्स के एक पलटवार ने दूसरे व्यक्ति की लज्जा और मर्दानगी को जरूर छुआ होगा, क्योंकि यह आखिरी चोट साबित हुई। उसका चेहरा लाल हो गया—यह अपमानजनक मृत्यु की लालिमा थी, उसकी साँस रुक गई और बिना किसी हरकत के चांडलर चल बसा।

इधर चांडलर ने आखिरी साँस ली और उधर हब्शी औरत दवा लेकर

आ पहुँची। डॉक्टर जेम्स ने चांडलर की मुँदी पलकों को धीरे से अपने हाथ से दबाते हुए हब्शी औरत को उसके मरने की जानकारी दी। वह दुःखी तो नहीं हुई, लेकिन निराशा में उसाँस भरते हुए विलाप करने लगी

"देख लीजिएं! सब प्रभु के हाथों में है। वही पापियों का न्याय करता है, और दुखियों को सहारा देता है। अब वही हमें सहारा देगा। सिंडी ने अपना आखिरी पैसा भी दवा की इस बोतल में लगा दिया और कोई काम भी नहीं आई।"

"क्या मैं यह समझूँ कि मिसिज चांडलर के पास बिलकुल भी पैसा नहीं है?" डॉक्टर जेम्स ने पूछा।

"पैसा, साहब? आपको पता है मिस एमी गिरी क्यों थी और वह इतनी कमजोर क्यों है? भूख की वजह से साहब, इस घर में तीन दिन से खाने को कुछ नहीं है, सिवाय कुछ टूटे-फूटे क्रैकर्स (पतले बिस्कुट) के। उस देवी ने महीनों पहले अपनी अँगूठियाँ और घड़ी भी बेच दी। यह घर साहब, लाल कालीनों और चमकती मेजों वाला यह शानदार घर, यह सब किराये का है, और यह आदमी किराये के लिए बेइज्जती करता है। वह शैतान—प्रभु मुझे माफ करे, वह न्याय के लिए आपके हाथों में आया, अब उसने सबकुछ ठिकाने लगा दिया।"

डॉक्टर की खामोशी ने उसे आगे बोलने को उत्साहित किया। सिंडी के प्रलाप से डॉक्टर को जो कहानी समझ में आई, वह वही पुरानी कहानी थी, छलावे की, मनमानेपन की, विपत्ति, क्रूरता और घमंड की। हब्शी औरत की बकबक से कुछ स्पष्ट तसवीरें उभरती थीं—सुदूर दक्षिण में एक आदर्श घर, विवाह पर जल्दी ही पछतावा होना, अत्याचार और दुर्व्यवहार का एक दुखद दौर, और हाल में विरासत में कुछ पैसा मिलना, जिससे छुटकारे की उम्मीद बँधना; लेकिन श्वान भेड़िये का सारा पैसा लेकर दो महीने के लिए गायब हो जाना और उस दौरान वह पैसा उड़ा देना, और फिर दारूबाजी के बदनामी भरे दौर के बीच उसका वापस आना। हब्शी औरत के एक-एक वाक्य में,

कहानी के उलझे-धुँधले ताने-बाने के बीच एक शुद्ध श्वेत धागा स्पष्ट दिखाई देता था—उस बुजुर्ग हब्शी औरत का सादगी भरा, सबकुछ सहन करनेवाला, उदात्त प्रेम, जिसने अपनी मालकिन का हर स्थिति में अविचल रहते हुए अंत तक साथ दिया।

आखिर में जब बुजुर्ग हब्शी औरत रुकी तो डॉक्टर ने अपनी बात कही। उसने पूछा कि क्या घर में ह्विस्की या और कोई शराब है। बुजुर्ग औरत ने उसे बताया कि हाँ, श्वान-भेड़िए के साइबोर्ड की आधी बोतल ब्रांडी बची है।

"जैसा मैंने तुमसे कहा था, गरम पानी डालकर एक ड्रिंक तैयार करो," डॉक्टर जेम्स ने कहा, "अपनी मालकिन को जगाओ, उसे यह पिला दो और जो हुआ है, बता दो।"

कोई दस मिनट बाद मिसिज चांडलर बुजुर्ग सिंडी की बाँह का सहारा लिए दाखिल हुई। थोड़ा सो लेने और वह पेय पी लेने से उसमें अब थोड़ी हिम्मत दिखाई दे रही थी। डॉक्टर जेम्स ने पलंग पर पड़े उस मृत आदमी पर एक चादर डाल दी थी।

उसने अपनी मातमी आँखें थोड़ा डरते-डरते उसकी ओर घुमाईं और अपनी वफादार संरक्षिका से थोड़ा और सट गई। उसकी आँखें शुष्क और चमकदार थीं। लगता था दु:ख ने उसके साथ अधिकतम अत्याचार किया था। आँसुओं का सोता सूख चुका था, वह लकवाग्रस्त था।

डॉक्टर जेम्स मेज के पास खड़ा था, उसने अपना ओवरकोट पहन लिया था, उसके हैट और बैग उसके हाथ में थे। उसका चेहरा शांत और भावशून्य था—इनसान का कष्ट देखने का वह अभ्यस्त हो चुका था। बस उसकी चमकदार भूरी आँखों में एक सधी हुई पेशेवर हमदर्दी झलक रही थी।

उसने सदयता से और बहुत थोड़े शब्दों में यह कहा कि समय क्योंकि ज्यादा हो गया है और ऐसे में कहीं से मदद मिलनी मुश्किल है, इसलिए वह

खुद किसी सही आदमी को भेज देगा जो सबकुछ सँभाल लेगा।

''आखिर में एक बात,'' डॉक्टर ने उस तिजोरी की ओर इशारा करते हुए कहा, जिसका दरवाजा अभी भी पूरा का पूरा खुला था। ''आपके पति मि. चांडलर को आखिरी वक्त में यह एहसास हो गया था कि वह अब बचेंगे नहीं, और उन्होंने मुझसे वह तिजोरी खोलने को कहा, उन्होंने मुझे वह नंबर भी दिया, जिससे तिजोरी खुलती है। अगर कभी आपको इसका इस्तेमाल करना पड़े तो याद रखिएगा इसका नंबर इकतालीस है। कुछेक बार इसे दाहिनी तरफ घुमाएँ, फिर एक बार उलटी ओर, इकतालीस पर रोक दें। उन्होंने मुझे आपको जगाने नहीं दिया, जबकि उन्हें पता था कि उनका अंत निकट था।

''उन्होंने कहा था कि उस तिजोरी में कुछ रकम रखी हुई थी—जो ज्यादा तो नहीं थी, लेकिन इतनी थी कि उससे आप उनकी आखिरी गुजारिश पूरी कर सकती हैं। जो यह थी कि आप अपने पुराने घर में लौट जाएँ और बाद में जब समय हालात को आसान बना दे तो आप उन तमाम पापों का भूल जाएँ, जो उन्होंने आपके खिलाफ किए थे।''

डॉक्टर ने मेज की तरफ इशारा किया, जहाँ नोटों की गड्डी सजी हुई थी और उसके ऊपर दो चट्टे सोने के सिक्कों के थे।

''वह रही रकम—जैसाकि उन्होंने कहा था—आठ सौ तीस डॉलर। मैं अपना कार्ड छोड़े जा रहा हूँ, शायद बाद में आपको मेरी सेवा की जरूरत पड़े।''

तो उसके पति ने उसके बारे में सोचा और वह भी सदयता से, आखिर में ही सही! इतनी देरी से! लेकिन फिर भी उस झूठ ने जिंदगी में कोमलता की एक अंतिम चिंगारी को भड़का दिया था, जबकि वह सोच रही थी कि वहाँ सबकुछ राख और धूल हो चुका था। वह जोर से विलाप कर उठी—''रॉब! रॉब!'' वह मुड़ी और अपनी सच्ची सेविका के सीने पर सिर रखकर, उसने राहत देने वाले आँसुओं में अपने दुःख को हलका कर लिया। यह

सोचना भी अच्छा है कि आने वाले वर्षों में हत्यारे का झूठ एक छोटे से तारे की तरह प्रेम की समाधि के ऊपर चमकता रहा, और उस हिला को तसल्ली देता रहा, उस क्षमा को प्राप्त करता रहा, जो अपने आप में अच्छी होती है, चाहे कोई उसे माँगे या न माँगे।

उस हब्शी औरत के सीने से लगकर उसके सहानुभूतिपूर्ण शब्दों की लोरी से शांत और आश्वस्त होकर आखिर में उसने अपना सिर उठाया—लेकिन डॉक्टर जा चुका था।

□

खजाना

मूर्ख कई किस्म के होते हैं। लेकिन जब तक उनसे नाम लेकर खड़ा होने को न कहा जाए, क्या सब-के-सब चुपचाप बैठे रहेंगे?

मैं एक को छोड़ बाकी हर किस्म का मूर्ख रहा हूँ। मैंने अपनी पैतृक संपत्ति को खर्च कर डाला, अपनी वैवाहिक स्थिति का ढोंग किया, पोकर खेला, लॉन टेनिस और सट्टा खेला—और भी कई तरह से जल्दी ही अपना पैसा गँवा दिया। लेकिन घंटियों वाली टोपी पहनने वाले अर्थात् विदूषक की एक भूमिका बची थी, जो मैंने नहीं निभाई थी। वह थी गड़े खजाने को ढूँढ़ने वाले की भूमिका। बहुत कम लोगों पर यह सुखद दीवानगी सवार होती है। लेकिन किसी भी चीज को छूकर सोना बना देने वाले राजा माइडस के जितने भी भावी अनुयायी हैं, उनमें से किसी को भी इतना अधिक आनंदित करनेवाला कोई शगल नहीं मिला है।

लेकिन अपने विषय से थोड़ा हटते हुए; जैसाकि एक अनाड़ी लेखक करेगा ही—मैं एक भावुक किस्म का मूर्ख था। मैंने मे मार्था मैंगम को देखा और उसका हो गया। वह अठारह की थी, खूबसूरत थी, रंग पियानो के सफेद गजदंती परदों जैसा था, और एक अपरिष्कृत देवदूत की गहन गंभीरता तथा मार्मिक जादूगरी की कृपा से वह टेक्सास के एक छोटे से नीरस पठारी कस्बे में रहने को अभिशप्त थी। उसमें ऐसी प्रफुल्लता थी, ऐसा आकर्षण था कि वह बेल्जियम या और किसी भी चमक-दमक वाले राज्य के मुकुट से

रसभरी की तरह मणिक तोड़ सकती थी, लेकिन उसे उसकी जानकारी नहीं थी, और मैंने भी उसके लिए यह तसवीर नहीं बनाई।

देखिए, मैं मार्था मैंगम को पाना और अपने पास रखना चाहता था। मैं चाहता था कि वह मेरे पास रहे, और रोज मेरी चप्पलों और पाइप को ऐसी जगह में रख दे, जहाँ वे शाम को ढूँढ़े न जा सकें।

मे मार्था के पिता का मुँह गलमुच्छों और नजर के चश्मे के पीछे छिपा रहता था। वह उन तमाम मकोड़ों और तितलियों और कीड़ों के लिए जीते थे, जो आपकी पीठ पर या मक्खन में घुसने के लिए उड़ते-रेंगते या भिनभिनाते हैं। वह एक 'एंटिमोलॉजिस्ट' या इसी तरह का कुछ थे। वह हवा में अंजीरखोर किस्म की उड़ाकू मछली के लिए जाल फेंकते और फिर उनमें पिन चुभोकर उन्हें तरह-तरह के नाम देते थे—इस तरह अपनी जिंदगी बिता रहे थे वह।

वह और मे मार्था ही परिवार में थे। वह 'रैसिबस ह्यूमनस' के एक शानदार नमूने के रूप में उसकी बहुत कद्र करते थे, क्योंकि वह उन्हें समय पर खाना देती थी और उनके कपड़े सही तरह रखती थी। उनकी शराब की बोतलों को भरा रखती थी। लोग कहते हैं कि वैज्ञानिक भुलक्कड़ होते हैं।

मेरे अलावा एक और था, जो मे मार्था मैंगम को वांछनीय समझता था। वह था गुडलो बैंक्स, एक नवयुवक—जो कॉलेज की पढ़ाई पूरी करके हाल में घर लौटा था। उसके पास वे सारी योग्यताएँ थीं, जो किताबों में मिलती हैं—लैटिन, यूनानी, दर्शन, विशेषकर गणित और तर्कशास्त्र जैसी ज्ञान की उच्चतर शाखाएँ।

अगर हर बात करने वाले पर अपनी जानकारी और ज्ञान बघारने की आदत न होती तो मैं उसे बहुत पसंद करता। लेकिन इसके बावजूद, जैसाकि आपने सोचा होता, वह और मैं अच्छे दोस्त थे।

जब भी संभव होता, हम दोनों इकट्ठे होते, क्योंकि हम दोनों एक-दूसरे से यह जानकारी लेना चाहते थे कि मे मार्था मैंगम के दिल से चलने वाली हवा किस ओर बह रही थी—जो एक मिश्रित रूपक था, गुडलो बैंक्स

उसका कभी दोषी नहीं हो सकता था। प्रतिस्पर्धियों के बीच यही होता है।

आप कह सकते हैं कि गुडलो किताबों का, शिष्टाचार का, संस्कृति, नौकायन, बुद्धि और कपड़ों का सहारा लेता था। जहाँ तक मेरी बात है तो मैं—संस्कृति के नाम पर—बेसबॉल और शुक्रवार रात की वाद-विवाद समितियों और शायद एक अच्छा घुड़सवार होने की याद दिला सकता था।

लेकिन जब हम आपस में बातें करते थे, और जब हम मे मार्था से मिलते और बातचीत करते थे तो हममें से एक भी यह पता नहीं लगा पाता था कि वह हममें से किसे अधिक पसंद करती है। मे मार्था में यह सहज जन्मज्ञात गुण था कि वह कुछ भी हामी नहीं भरती थी, और जानती थी कि लोगों को कैसे अनुमान लगाने की स्थिति में रखा जाए।

जैसाकि मैंने कहा है, बुजुर्ग मैंगम भुलक्कड़ थे। एक अरसे बाद उन्हें एक दिन पता चला—जरूर उन्हें एक नन्हीं तितली ने बताया होगा—कि दो नवयुवक एक युवती, एक पुत्री के सिर पर जाल डालने की कोशिश कर रहे थे, जो उनकी सुख-सुविधाओं का ध्यान रखती है।

मुझे पता नहीं था कि वैज्ञानिक ऐसे मौकों का मुकाबला भी कर सकते हैं। बुजुर्ग मैंगम ने बड़ी आसानी से गुडलो को और मुझे भी मौखिक तौर पर मेरूदंडधारियों की सबसे निम्न श्रेणी का बता दिया, और अंग्रेजी में भी वह लैटिन के ओरगेतोरिक्स, रेक्स हेलवेताई के आसान-से संदर्भों से आगे नहीं बढ़े—और मैं खुद भी कभी इससे आगे नहीं गया था। उन्होंने हमसे कह दिया कि अगर उन्होंने हमें फिर कभी उनके घर के आस-पास पकड़ लिया तो वह हमें अपने संग्रह में शामिल कर लेंगे।

गुडलो बैंक्स और मैं पाँच दिन तक वहाँ इस उम्मीद में नहीं गए कि इस बीच तूफान थम जाएगा। जब हम हिम्मत करके फिर से उनके घर गए तो मे मार्था मैंगम और उसके पिता जा चुके थे। जो मकान उन्होंने किराए पर ले रखा था, वह बंद था। उनके पास जो थोड़ा-बहुत सामान और चल संपत्ति थी, वह सब भी साथ ले गए।

और हम दोनों में से किसी के लिए मे मार्था की तरफ से विदाई का एक शब्द भी नहीं—हॉथॉर्न की झाड़ी में लगा कोई फड़फड़ाता सफेद पत्र नहीं, दरवाजे के चौखटे पर खड़िया का कोई निशान नहीं और डाकखाने में कोई पोस्टकार्ड भी नहीं, जिससे हमें कोई सुराग मिल जाता।

दो महीने तक गुडलो बैंक्स और मैं—अलग-अलग—हर उस तरकीब को आजमाते रहे जो हम सोच सकते थे और जिससे भगोड़ों का पता लगाया जा सकता था। हमने टिकट एजेंट, घोड़ा-गाड़ी स्टैंड वालों, रेलमार्ग कंडक्टरों और हमारे एक अकेले बेचारे पुलिस वाले के साथ हमारी दोस्ती और उन पर अपने रोब का इस्तेमाल किया, लेकिन नतीजा शून्य ही रहा।

फिर हम दोनों पहले से कहीं ज्यादा अच्छे दोस्त और बुरे दुश्मन हो गए। हम हर दोपहर और काम के बाद स्नाइडर के सैलून के पिछले कमरे में इकट्ठा होते और डोमिनो खेलते, बातों के फंदे बिछाकर एक-दूसरे से यह जानने की कोशिश करते कि कुछ पता चला या नहीं। प्रतिस्पर्धियों के बीच यही होता है।

अब गुडलो बैंक्स बड़े व्यंग्यपूर्वक अपना ज्ञान बघारता था और मुझे उस श्रेणी में रखता था, जो 'पुअर जेन रे, हर बर्ड इज डेड, शी कैन नॉट प्ले' पद रहे थे। देखिए, मैं तो गुडलो को पसंद ही करता था, उसके कॉलेज में अर्जित किए गए ज्ञान से नफरत करता था, क्योंकि मुझे हमेशा अच्छे स्वभाव वाला समझा जाता था, इसलिए मैं संयत रहता था। मैं यह जानने की कोशिश कर रहा था कि उसे मे मार्था के बारे में कुछ पता है या नहीं, इसलिए मैं उसकी संगत को बरदाश्त करता था।

एक दोपहर बाद बातें करते हुए उसने मुझसे कहा—

"मान लो, वह तुम्हें मिल भी गई, तो उससे तुम्हें फायदा क्या होगा? मिस मैंगम के पास दिमाग है। हो सकता है अभी वह सुसंस्कृत न हुई हो, फिर भी इसकी नियति में इतनी ऊँची चीजें हैं कि तुम उसे दे नहीं सकते। मेरी किसी ऐसे व्यक्ति से आजतक बात नहीं हुई जो उससे अधिक उन

प्राचीन कवियों और लेखकों तथा आधुनिक पंथों के सम्मोहन को समझता हो, जिन्होंने अपने जीवन-दर्शन को मिलाया और खपाया है। तुम्हें नहीं लगता उसे ढूँढ़कर तुम अपना समय नष्ट कर रहे हो?''

मैंने कहा, ''मेरे लिए एक सुखी घर का मतलब है टेक्सास के एक पठार पर चारको के बगल में सदाबहार बलूतों के एक कुंज में आठ कमरों वाला एक मकान। एक पियानो,'' मैंने आगे कहा, ''और बैठक में एक ऑटोमैटिक प्लेयर, शुरू में तीन हजार मवेशी, एक बकबोर्ड गाड़ी और टट्टू जो एक खंभे से बँधे हमेशा, 'मिसस' के लिए तैयार रहें—और मे मार्था मैंगम जैसे चाहे वैसे फार्म के मुनाफे को खर्च करे और मेरे साथ रहे, रोज मेरी चप्पलों और पाइप को ऐसी जगहों में रख दे जहाँ वे शाम को ढूँढ़े न जा सकें। यही,'' मैंने कहा, ''होना है, और एक अंजीर—एक सूखा, स्मरना बंदरगाह का, डैगोस्टैंड अंजीर—तुम्हारे पाठ्यक्रमों, पंथों और दर्शन के लिए।''

''वह ऊँची चीजों के लिए बनी है,'' गुडलो बैंक्स ने अपनी बात दोहराई।

''वह चाहे जिस लिए भी बनी हो,'' मैंने जवाब दिया, ''इस समय तो वह जेब से बाहर है। और मैं कॉलेज की मदद के बगैर ही जितनी जल्दी हो सकेगा, उसे ढूँढ़ लूँगा।''

''खेल खत्म हुआ।'' गुडलो ने एक डोमिनो रखते हुए कहा। और हमने बीयर पी।

उसके कुछ ही समय बाद मेरा परिचित एक किसान कस्बे में मेरे पास एक तह किया हुआ नीला कागज लेकर आया। उसने कहा कि उसके दादा का अभी-अभी देहांत हुआ है। मैंने आँसू छिपाए और उसने आगे कहा कि बुढ़ऊ ने बीस साल तक इस कागज को बहुत सँभालकर रखा था। वह इस कागज को अपने परिवार के लिए अपनी रियासत के एक हिस्से के तौर पर छोड़ गए हैं, जबकि बाकी में दो खच्चर और थोड़ी सी भूमि थी, जो खेती के अयोग्य थी।

कागज पुराना नीले रंग का था, जिसका इस्तेमाल अलगाववादियों के विरुद्ध उन्मूलनवादियों के विद्रोह के दौरान होता था। इस पर 14 जून, 1863 की तारीख पड़ी थी, इसमें सोने और चाँदी के दस गंधों के लदान भर सिक्कों के छिपे होने की जगह के बारे में बताया गया था, जिनकी कीमत तीन लाख डॉलर थी। बुजुर्ग रंडल—अपने पौत्र सैम के दादा को यह जानकारी एक स्पेनिश पुरोहित ने दी थी, जो खजाना गाड़ने में शामिल था और जिसका देहांत कई बरस पहले नहीं, बाद में—बुजुर्ग रंडल के घर में हो गया था। बुजुर्ग रंडल को यह लिखवाया गया था।

"तुम्हारे पिता ने इसे क्यों नहीं खोजा?" मैंने युवा रंडल से पूछा।

"उससे पहले ही वह अंधे हो गए।" उसने जवाब दिया।

"तुमने खुद इसे क्यों नहीं खोजा?" मैंने पूछा।

"देखो," उसने कहा, "कागज के बारे में मुझे अभी केवल दस बरस पहले ही पता चला है। पहले तो वसंत की जुताई करनी थी, फिर अनाज से खर-पतवार को अलग करना था, और फिर चारा लेने की बारी आ गई और जल्दी ही हमारे ऊपर जाड़ा छा गया। साल-दर-साल यही सिलसिला चलता रहा।"

उसकी यह दलील मुझे बिलकुल उचित लगी और इसलिए मैं तुरंत इस काम में युवा ली रंडल के साथ हो गया।

कागज में जो निर्देश दिए गए थे, वे आसान थे। गधों पर लदे खजाने का यह पूरा कारवाँ डोलोरेस काउंटी स्थिति एक पुराने स्पेनिश मिशन से चला था। कुतुबनुमा के अनुसार वे दक्षिण दिशा में चलते हुए आलामीतो नदी पर पहुँचे थे। उन्होंने इसे छिछले हिस्से से पार किया और खजाने को एक काठी के आकार के छोटे पहाड़ पर दो ऊँचे पहाड़ों के बीच गाड़ दिया। जहाँ खजाना गाड़ा गया, उस जगह पत्थरों का ढेर लगाकर निशान बना दिया गया। स्पेनिश पुरोहित को छोड़कर इस जत्थे के बाकी सभी लोगों को कुछ दिन बाद इंडियनों ने मार डाला। यह रहस्य अब केवल उसके पास था। यह बात

मुझे अच्छी लगी।

ली रंडल का सुझाव था कि हम शिविर लगाने के लिए साज-सामान तैयार करें, स्पेनिश मिशन का रास्ता बताने के लिए सर्वेक्षक की सेवाएँ लें, और फिर फोर्ट वर्थ की दर्शनीय जगहें देखने में तीन लाख डॉलर खर्च करें। लेकिन बहुत पढ़ा-लिखा नहीं होने के बावजूद मुझे समय और खर्च बचाने का तरीका पता था।

हम सरकारी भूमि कार्यालय में गए और पुराने मिशन से लेकर आलामीतो नदी तक के भूमि के सारे सर्वेक्षणों का स्केच बनवाया। इस नक्शे पर मैंने दक्षिण में नदी की ओर जाती एक रेखा खींची। प्रत्येक सर्वेक्षण और भूखंड की रेखाओं की लंबाई स्केच में बिलकुल ठीक-ठीक दी गई थी। इनसे हमें नदी पर वह बिंदु मिल गया और इसके साथ एक 'संपर्क' मिला, लॉस एनीमोस का पाँच लीग के सर्वेक्षण का एक महत्त्वपूर्ण अच्छी तरह से चीन्हा कोना—जो स्पेन के राजा फिलिप का अनुदान था।

इस तरह से हमें सर्वेक्षक से रेखा खिंचवाने की जरूरत नहीं पड़ी। इससे समय और खर्च की बहुत बचत हुई।

तो ली रंडल और मैंने दो घोड़ों वाली एक गाड़ी तैयार की, जिसमें सारा साज-सामान था, और जिस बिंदु पर हम पहुँचना चाहते थे, उसके निकटतम कस्बे चीको पहुँचे, जिसके लिए हमें एक सौ उनचास मील की यात्रा करनी पड़ी। वहाँ हमने काउंटी के एक उप सर्वेक्षक को पकड़ा। उसने हमारे लिए लॉस एनीमोस सर्वेक्षण का कोना ढूँढ़ा। हमारे स्केच की माँग के अनुसार पश्चिम में पाँच हजार सात सौ बीस वारा (एक नाप-अनु.) की दूरी तय की, उस स्थान पर एक पत्थर लगाया, कॉफी पी और बेकन खाया, और डाक-गाड़ी से वापस चीको के लिए रवाना हो गया।

मुझे पक्का विश्वास था कि हमें वे तीन लाख डॉलर मिल जाएँगे। ली रंडल को केवल एक-तिहाई मिलना था, क्योंकि सारे खर्चे मैं दे रहा था। उस दो लाख डॉलर से मुझे पता था कि अगर मिस मार्था मैंगम इस धरती पर हुई

तो मैं उसे ढूँढ़ निकालूँगा। और इतने पैसे से मैं बुजुर्ग मैंगम के कबूतरखाने में तितलियों को फड़फड़ा सकूँगा। बस मुझे वह खजाना मिल जाए।

ली और मैंने तंबू गाड़ लिया। नदी के पार एक दर्जन छोटे-छोटे पहाड़ थे, जो घने देवदारु के झाड़ों से ढके थे, लेकिन उनमें से एक भी काठी के आकार का नहीं था। लेकिन इससे हम विचलित नहीं हुए। जो दिखाई देता है, वह वैसा नहीं भी हो सकता है। काठी भी सुंदरता की तरह देखने वाले की आँखों में हो सकती है।

मैंने और खजाने के उस पौत्र ने देवदारु से ढकी उन पहाड़ियों का इतनी सावधानी से मुआयना किया जैसे कोई महिला दुष्ट पिस्सू को देखती है। हमने नदी के आगे-पीछे दो मील तक एक-एक पहाड़ी के हरेक पार्श्व, शिखर, घेरे, मध्यमान, ऊँचाई, कोण, ढलान और अवतलता को छान मारा। चार दिन तक हमने यही किया। फिर हमने चितकबरे और काले घोड़े को गाड़ी में जोता और बाकी बची कॉफी तथा बेकन को लेकर एक सौ उनचास मील की कोंचो सीटी की वापसी यात्रा पर चल दिए।

वापसी में ली रंडल ने खूब तंबाकू चबाया। मैं गाड़ी हाँकने में व्यस्त रहा, क्योंकि मैं जल्दी में था।

हमारे खाली हाथ वापसी के कुछ ही समय बाद गुडलो बैंक्स और मैं डोमिनो खेलने तथा जानकारी जुटाने के लिए स्नाइडर के सैलून के पिछले कमरे में इकट्ठा हुए। मैंने गुडलो को उस गड़े खजाने को ढूँढ़ने के अपने अभियान के बारे में बताया।

''अगर मुझे वे तीन लाख डॉलर मिल जाते,'' मैंने उससे कहा, ''तो मैंने मे मार्था मैंगम को ढूँढ़ने के लिए धरती को खँगाल और छान मारा होता।''

''वह ऊँची चीजों के लिए बनी है,'' गुडली ने कहा, ''मैं उसे खुद ढूँढ़ लूँगा। लेकिन यह बताओ कि तुमने उस जगह की खोज कैसे की, जहाँ यह गुप्त खजाना ऐसी बेवकूफी से गाड़ा गया था।''

मैंने उसे छोटी–से–छोटी बात बताई। मैंने उसे ड्राफ्टमैन का वह स्केच दिखाया, जिसमें दूरियों को साफ–साफ दिखाया गया था।

उसने इसे बड़ी होशियारी से देखा और फिर अपनी कुरसी में पीछे टिककर मुझ पर बेतहाशा हँस पड़ा।

''तुम मूर्ख हो, जिम!'' हँसी रुकने पर उसने कहा।

''तुम्हारा खेल है यह।'' अपने डबल छह पर उँगलियाँ फिराते हुए मैंने धीरज से कहा।

''बीस!'' अपनी खड़िया से मेज पर गुणा के दो निशान बनाते हुए गुडलो ने कहा।

''मूर्ख क्यों हूँ मैं?'' मैंने पूछा, ''पहले भी कई जगहों पर गड़ा खजाना मिला है।''

''क्योंकि,'' उसने कहा, ''नदी में जिस बिंदु पर तुम्हारी रेखा टकराएगी, उसकी गणना करने में तुमने अंतर को नजरअंदाज कर दिया। वहाँ यह अंतर नौ अंश पश्चिम में होगा। मुझे अपनी पेंसिल दो।''

गुडलो बैंक्स ने एक लिफाफे के पीछे हिसाब लगाया।

''स्पेनिश मिशन से उत्तर से दक्षिण की ओर रेखा की दूरी, ठीक बाईस मील है। तुम्हारी कहानी के अनुसार यह एक जेबी कुतुबनुमा से खींची गई थी। इस अंतर की गुंजाइश रखते हुए, जहाँ तुम्हें अपने खजाने की खोज करनी चाहिए थी, आलामीतो नदी का वह बिंदु उस जगह से ठीक नौ सौ पैंतालीस वारा आगे पश्चिम में है, जिस जगह तुमने खोज की। ओह, तुम भी कैसे मूर्ख हो, जिम!''

''यह जिस अंतर की बात तुम कर रहे हो, यह है क्या?'' मैंने पूछा, ''मैं तो सोचता था कि आँकड़े कभी झूठ नहीं बोलते।''

''वास्तविक मिरिडियन से चुंबकीय कुतुबनुमा का अंतर।'' गुडलो ने कहा।

वह अपने वही श्रेष्ठता भाव वाली हँसी हँसा और फिर मैंने उसके चेहरे पर गड़े हुए खजाने के खोजी का वही निराला, उत्सुकतापूर्ण, ध्वंसक

भाव आते हुए देखा।

फिर उसने भविष्य वक्ता के अंदाज में कहा, ''कभी-कभी छिपे हुए धन की ये पुरानी परंपराएँ निराधार नहीं होतीं। जरा मुझे वह कागज तो दिखाओ, जिसमें वह जगह बताई गई है। शायद हम दोनों मिलकर—''

नतीजा यह हुआ कि प्यार में प्रतिस्पर्धा रखने वाले गुडलो बैंक्स और मैं इस साहसिक अभियान में साथी बन गए। रेलमार्ग वाले निकटतम कस्बे हटर्सबर्ग से हम घोड़ा-गाड़ी पकड़कर चीको गए। चीको में हमने एक ढकी हुई स्प्रिंग वैगन और तंबू का सामान किराए पर लिया। हमने गुडलो और उसके अंतरों के हिसाब से दोबारा तय की गई दूरी नापने के लिए उसी सर्वेक्षक को पकड़ा और फिर उसकी छुट्टी कर उसे उसके घर का रास्ता पकड़ा दिया।

हम रात में पहुँचे। मैंने घोड़ों को दाना दिया और नदी तट के पास आग जलाई, फिर खाना बनाया। गुडलो इस काम में मेरी मदद कर सकता था, लेकिन उसकी शिक्षा ने उसे व्यावहारिक कामों के योग्य नहीं बनाया था।

लेकिन जब तक मैंने काम किया, वह पुराने जमाने के लोगों के महान् विचार व्यक्त करके मेरा हौसला बढ़ाता रहा। उसने यूनानी से अनूदित कुछ उद्धरण भी विस्तार से सुनाए।

''यह अनौक्रियान (छठवीं शताब्दी का यूनानी कवि) था,'' उसने स्पष्ट किया, ''यह मिस मैंगम का प्रिय पात्र होता था—जब मैं उसे सुनाता था।''

''वह ऊँची चीजों के लिए बनी है।'' मैंने उसका जुमला दोहराते हुए कहा।

''क्या इससे भी ऊँचा कुछ हो सकता है,'' गुडलो ने पूछा, ''कि कालजयी कृतियों की संगत में रहा जाए, ज्ञान और संस्कृति के वातावरण में जिया जाए? तुमने अकसर पढ़ाई-लिखाई का तिरस्कार किया है। गणित की आसान सी जानकारी न होने से तुम्हारी ये जो कोशिशें बेकार गईं तो? अगर मेरे ज्ञान ने तुम्हें तुम्हारी गलती नहीं दिखाई होती तो तुमको यह खजाना कितनी जल्दी मिल जाता?''

''हम पहले नदी पार उन पहाड़ियों को देखेंगे,'' मैंने कहा, ''और देखते

हैं, हमें क्या मिलता है। इस फासले के बारे में मुझे अभी भी संदेह है। मैं इस विश्वास को लेकर बड़ा हुआ हूँ कि सूई ध्रुव को ठीक-ठीक बताती है।''

अगली सुबह जून की एक चमकीली सुबह थी। हम जल्दी ही उठ गए और हमने नाश्ता किया। गुडलो सम्मोहित था। जब तक मैंने बेकन पकाया, वह शायद कीट्स और कैली या शैली की पंक्तियाँ सुनाता रहा। हम नदी पार करने की तैयारी कर रहे थे, जो वहाँ एक छिछले नाले से थोड़ी सी गहरी थी, दूसरे किनारे पर कई नुकीली चोटी वाली और देवदारु से ढकी पहाड़ियों में खोजबीन करने जा रहे थे।

''मेरे अच्छे यूलीसीस,'' गुडलो ने मेरे कंधे पर धौल जमाते हुए कहा। उस समय मैं नाश्ते की प्लेटें साफ कर रहा था, ''जरा वह जादुई कागज एक बार फिर दिखाना तो। मुझे यकीन है कि इसमें काठी के आकार की उस पहाड़ी तक जाने का रास्ता जरूर बताया गया होगा। मैंने कभी काठी नहीं देखी। यह कैसी होती है, जिम ?''

''संस्कृति के खिलाफ एक स्कोर,'' मैंने कहा, ''जब मैं इसे देखूँगा तो जान जाऊँगा।''

गुडलो ने बुजुर्ग रंडल के दस्तावेज को देखते हुए एक ऐसा अपशब्द बोला, जो उसके कॉलेजी स्तर के विपरीत था।

''यहाँ आओ,'' कागज को सूरज की रोशनी में पकड़ते हुए उसने कहा। ''इसे देखो।'' उस पर उँगली रखते हुए उसने कहा।

उस नीले कागज पर, जिस पर मैंने पहले गौर नहीं किया था—मुझे सफेद अक्षरों में यह शब्द और संख्या दिखाई दी : ''मैलवर्न, 1898'', उसमें लिखा था।

''यह क्या है ?'' मैंने पूछा।

''यह वाटर मार्क है,'' गुडलो ने कहा, ''यह कागज 1898 में बना था। कागज पर जो लिखा है, उस पर 1863 पड़ा है। यह तो साफ धोखाधड़ी है।''

''यह तो मुझे पता नहीं,'' मैंने कहा, ''रंडल लोग काफी भरोसा करने

वाले, सीधे-सादे, अनपढ़ गँवार हैं। शायद कागज बनाने वालों ने ही धोखेबाजी करने की कोशिश की हो।''

और तब गुडलो बैंक्स इतना बिफरा जितना उसकी पढ़ाई-लिखाई उसे इजाजत देती थी। उसने अपनी नाक से चश्मा गिरा दिया और मुझे घूरने लगा।

''मैंने तुमसे कितनी बार कहा है कि तुम मूर्ख हो,'' उसने कहा, ''तुमने अपने आपको एक मिट्टी के लोंदे के हाथों बुद्धू बनने दिया। और फिर तुमने मुझे बुद्धू बनाया।''

''कैसे ?'' मैंने पूछा, ''मैंने तुम्हें कैसे बुद्धू बनाया है ?''

''अपने अज्ञान से,'' उसने कहा, ''दो बार मैंने तुम्हारी योजनाओं में ऐसी गंभीर खामियाँ देखी हैं कि जिनसे मामूली सा पढ़ा-लिखा होने पर भी तुम बच सकते थे। और,'' उसने आगे कहा, ''इस ठगी वाली खोज में मेरा जितना पैसा खर्च हो गया है, वह मेरे बूते से बाहर था। मेरा इससे अब कोई लेना-देना नहीं।''

मैं उठकर खड़ा हो गया और मैंने काँसे के एक बड़े चम्मच से उसकी तरफ इशारा किया, जो अभी-अभी धोया गया था।

''गुडलो बैक्स,'' मैंने कहा, ''मैं तुम्हारी पढ़ाई-लिखाई की रत्ती भर भी परवाह नहीं करता। मैं इसे कभी किसी में बरदशत नहीं कर पाया, तुम्हारी पढ़ाई-लिखाई से तो मैं घृणा करता हूँ। तुम्हारी तालीम ने तुम्हारे लिए किया क्या है ? यह तुम्हारे लिए अभिशाप है और तुम्हारे दोस्तों के लिए बोरियत का सामान। जाओ,'' मैंने कहा, ''जाओ, अपने वाटरमार्क और अंतर लेकर चले जाओ! मुझे इनकी कोई जरूरत नहीं है। ये मुझे मेरी खोज से डिगा नहीं सकते।''

मैंने अपने चम्मच से नदी के पार काठी के आकार के एक छोटे पहाड़ की ओर इशारा किया।

''मैं उस पहाड़ पर खोजने जा रहा हूँ,'' मैं कहता गया, ''खजाने को··· । अब फैसला कर लो तुम इसमें साथ हो या नहीं। अगर किसी वाटर मार्क या अंतर से तुम्हारा मन डिग जाता है तो तुम सच्चे दुस्साहसी नहीं हो। फैसला करो।''

धूल का एक सफेद बादल आगे नदी पर उठने लगा। यह हिसपेरस से

चीको जाने वाली डाकगाड़ी थी। गुडलो ने इसे रुकने का इशारा किया।

उसने रुखाई से कहा, ''कोई मूर्ख ही अब उस कागज पर ध्यान देगा, जिम। मैं तुम्हें तुम्हारे भाग्य पर छोड़ता हूँ।''

उसने अपना निजी सामान बटोरा, डाकगाड़ी में चढ़ा, निराश होकर अपना चश्मा ठीक किया, और धूल के बादल में उड़ गया।

बरतन धो लेने और घोड़ों को घास चरा लेने के बाद मैंने छिछली नदी को पार किया और देवदारु के झुरमुटों से धीरे-धीरे रास्ता बनाते हुए काठी के आकार की पहाड़ी की चोटी पर जा पहुँचा।

जून महीने का एक अद्‌भुत दिन था यह। अपनी जिंदगी में मैंने कभी इतने सारे पक्षी, इतनी सारी तितलियाँ, व्याध पतंग (ड्रैगन फ्लाई), टिड्‌डे, हवा और जमीन के ऐसे पंखदार एवं डंकदार जानवर नहीं देखे थे।

मैंने काठी के आकार वाली पहाड़ी की तलहटी से चोटी तक पड़ताल की। मुझे गड़े खजाने की मौजूदगी का एक भी निशान नहीं मिला। वहाँ पत्थरों का कोई ढेर नहीं था, पेड़ों पर कोई प्राचीन निशान नहीं थे, तीन लाख डॉलर का एक भी सबूत वहाँ नहीं था, जैसाकि बुजुर्ग रंडल के कागज में बताया गया था।

मैं दोपहर बाद की शीतलता में पहाड़ी से उतर आया। अचानक देवदारु के झुरमुट से निकलकर मैंने एक खूबसूरत हरी घाटी में कदम रखा, जहाँ एक छोटी सी धारा आलामीतो नदी में मिल रही थी। वहाँ मैंने जो देखा, उसे देखकर मैं दंग रह गया। जैसाकि मैंने समझा, वहाँ उलझी दाढ़ी और बिखरे बालों, वाला एक जंगली आदमी चमकीले पंखों वाली एक बहुत बड़ी सी तितली का पीछा कर रहा था।

''शायद यह कोई भगोड़ा पागल है,'' मैंने सोचा और हैरान हो गया कि वह सभ्यता ज्ञान की आबादी से इतनी दूर भटककर कैसे आ गया।

और तब मैं कुछ कदम और आगे गया और मुझे उस छोटी धारा के समीप लताओं से ढकी एक कुटिया दिखाई दी। एक छोटे घासदार मार्ग में मैंने जंगली

फूल तोड़ती मे मार्था मैंगम को देखा।

वह सीधी खड़ी हो गई और मुझे देखने लगी। जब से मैं उसे जानता था तब से उस समय पहली बार मैंने उसके चेहरे को—जो एक नए पियानो के सफेद परदों के रंग का था—गुलाबी होते देखा। मैं बिना एक शब्द कहे उसकी ओर बढ़ा। उसने जो फूल चुने थे, वे धीरे-धीरे उसके हाथ से घास में गिर गए और उसने भी उन्हें रोकने की कोई कोशिश नहीं की।

"मैं जानती थी तुम आओगे, जिम!" उसने स्पष्ट कहा, "पिताजी ने मुझे चिट्ठी ही नहीं लिखने दी, लेकिन मैं जानती थी तुम आओगे।"

उसके बाद क्या हुआ, आप अनुमान लगा ही सकते हैं—मेरी गाड़ी और मेरे घोड़े बस नदी के पार ही थे।

मैं अकसर यह सोचकर हैरान हुआ हूँ कि बहुत ज्यादा तालीम किसी आदमी के किस काम की। अगर वह अपने लिए ही उसका इस्तेमाल नहीं कर सकता। अगर इसके सारे लाभ दूसरों को मिलने हैं तो इसकी जरूरत ही क्या है?

क्योंकि मे मार्था मैंगम मेरे साथ रहती है। हरे-भरे बलूत कुंज में आठ कमरों का एक मकान है, और ऑटोमैटिक प्लेयर के साथ एक पियानो है और तीन हजार मवेशी की अच्छी शुरुआत हो गई है।

और जब मैं घोड़े पर सवार रात को घर पहुँचता हूँ तो मेरा पाईप और मेरी चप्पलें ऐसी जगह रखी होती हैं, जहाँ उन्हें ढूँढ़ा नहीं जा सकता।

लेकिन कौन परवाह करता है उसकी? कौन परवाह करता है—कौन परवाह करता है?

□

ह्रदय परिवर्तन

एक संतरी जेल की कर्मशाला में आया, जहाँ जिमी वैलेंटाइन बड़ी लगन से जूते के ऊपरी हिस्सों की सिलाई कर रहा था। वह जिमी को सामने वाले दफ्तर में ले गया। वहाँ वार्डन ने जिमी को उसकी माफी का आदेश थमाया, जिस पर गवर्नर ने उसी सुबह दस्तखत किए थे। जिमी ने उसे थके से अंदाज में लिया। वह चार साल की सजा के लगभग दस महीने जेल में काट चुका था। उसने तो अधिक-से-अधिक तीन महीने के करीब जेल में रहने की अपेक्षा की थी। जिमी वैलेंटाइन के जितने दोस्त बाहर थे, जब ऐसा कोई आदमी जेल में पहुँचता है तो उसके बाल काटने में कोई औचित्य नहीं होता।

''देखो वैलेंटाइन,'' वार्डन ने कहा, '' तुम्हें सुबह छोड़ दिया जाएगा। तैयार हो जाओ, और आदमी बनो। तुम दिल के बुरे नहीं हो। तिजोरियाँ तोड़ना बंद करो और ईमानदारी से जियो।''

''मैं ?'' जिमी ने चकित होते हुए कहा, ''क्यों, मैंने अपनी जिंदगी में कोई तिजोरी नहीं तोड़ी।''

''अरे नहीं,'' वार्डन ने हँसते हुए कहा, ''बिलकुल नहीं। अच्छा अब बताओ, तुम्हें स्प्रिंगफील्ड की उस वारदात के लिए कैसे पकड़ लिया गया ? क्या इसलिए कि तुम बेहद ऊँची सोसाइटी के किसी शख्स को खतरे में डालने के डर से अपने आपको वहाँ से गैरहाजिर साबित नहीं करोगे ? या यह जूरी की बदौलत हुआ, जो तुम्हारे खिलाफ थे ? तुम जैसे बेकसूरों के साथ ऐसा ही

कुछ होता है।''

''मैं?'' जिमी ने कहा। वह अभी भी धर्मात्मा बना हुआ था। ''अरे, वार्डन साहब, मैं तो अपनी जिंदगी में कभी स्प्रिंगफील्ड गया ही नहीं!''

''इसे वापस ले जाओ, क्रोनिम,'' वार्डन ने मुसकराते हुए कहा, ''और इसे बाहर के कपड़े पहनने को दो। सुबह इसे सात बजे ताला खोलकर आजाद कर देना और इसे हवालात में न आने देना। मेरी सलाह पर गौर करना, वैलेंटाइन।''

अगली सुबह सवा सात बजे जिमी वार्डन के बाहरी दफ्तर में खड़ा था। वह बड़ी बुरी तरह से कसे, रेडीमेड कपड़ों का सूट और कड़क, चरमराते जूते पहने था, जिन्हें सरकार अपने रिहा किए गए मेहमानों को उपलब्ध कराती है।

क्लर्क ने जिमी को रेल का एक टिकट और पाँच डॉलर का वह नोट दिया, जिसकी मदद से कानून उससे उम्मीद करता था कि वह अच्छा नागरिक और संपन्न बनकर फिर से अपनी जिंदगी जीने लगेगा। वार्डन ने उसे एक सिगार दिया और उससे हाथ मिलाया। कैदी नंबर 9762, वैलेंटाइन, पंजियों में 'गवर्नर द्वारा क्षमा प्रदत्त' दर्ज हो गया, और मि. जेम्स वैलेंटाइन धूप में बाहर निकलकर आया।

चिड़ियों की चहचहाहट, लहराते हरे वृक्षों और फूलों की महक की उपेक्षा करता जिमी सीधे एक रेस्टोरेंट की तरफ बढ़ गया। वहाँ उसने भुने मुरगे और एक बोतल सफेद शराब के रूप में अपनी आजादी की पहली खुशी का स्वाद लिया, और उसके बाद उसने एक सिगार पिया, जो वार्डन के दिए सिगार से बेहतर था। वहाँ से वह मजे में टहलता हुआ डिपो में गया। उसने दरवाजे के पास बैठे एक अंधे आदमी के हैट में एक चवन्नी फेंकी और अपनी ट्रेन में सवार हो गया। तीन घंटे बाद वह स्टेट लाइन के पास के एक छोटे से कस्बे में उतरा। वहाँ वह माइक डोलैन नाम के एक आदमी के कैफे में गया और उससे हाथ मिलाया। माइक उस समय काउंटर पर अकेला था।

''माफ करना, हम और जल्दी यह काम नहीं कर पाए, जिमी मेरे बच्चे!

माइक ने कहा, ''मगर स्प्रिंगफील्ड की तरफ से हमारा विरोध हुआ और गवर्नर भी पीछे हट ही गया था। ठीक तो हो ?''

''बढ़िया,'' जिमी ने कहा, ''मेरी चाबी है ?''

उसने अपनी चाबी ली और ऊपर, पीछे की तरफ बने एक कमरे का दरवाजा खोलकर अंदर चला गया। सबकुछ वैसा ही था जैसा वह छोड़ गया था। फर्श पर अभी भी बेन प्राइस के कॉलर का बटन पड़ा था, जो जिमी की गिरफ्तारी की कोशिश में हुई खींचतान के बीच उस नामी-गिरामी जासूस की कमीज से टूटकर गिर गया था।

जिमी ने दीवार से एक फोल्डिंग बेड खींचकर बाहर निकाला, दीवार में लगे एक पैनल को खिसकाया और एक सूटकेस को घसीटते हुए बाहर किया, जिस पर धूल जमी थी। उसने सूटकेस को खोला और बड़े चाव से उसमें रखे औजारों को देखने लगा। पूरे पूर्वी क्षेत्र में और किसी सेंधमार के पास इतना बढ़िया सेट नहीं था। यह मुकम्मल सेट था, जो खास पनिया इस्पात का बना था। इसमें बिलकुल नए ढंग के बरमे थे, पंच थे, ब्रेस और बिट थे, सब्बल, शिकंजे, और बरमियाँ थीं, उनमें दो-तीन औजार तो ऐसे थे, जिनकी ईजाद खुद जिमी ने ही की थी और उसे इस पर गर्व था। इन्हें बनाने में उसे नौ सौ डॉलर लगे थे। इन्हें उसने उस जगह बनाया था जहाँ ऐसी चीजें धंधे के लिए बनाई जाती हैं।

आधा घंटे में जिमी नीचे आया और कैफे से बाहर निकल गया। अब वह कायदें के और सही नाप के कपड़े पहना था। उसके हाथ में वही सूटकेस था, जिसे उसने झाड़-पोंछकर साफ कर लिया था।

''कोई इरादा है क्या ?'' माइक डौलेन ने प्यार से पूछा।

''मैं ?'' जिमी ने जैसे चकराते हुए कहा, ''मैं समझा नहीं। मैं तो न्यूयॉर्क अमैलगमेटेड शॉर्ट स्नैप बिस्किट क्रैकर ऐंड फ्रैजल्ड हीट कंपनी का प्रतिनिधि हूँ इस वक्त।''

उसकी इस बात से माइक इतना खुश हुआ कि जिमी को वहीं सेल्टसर और दूध पीना पड़ा। वह नशीले पेय कभी नहीं पीता था।

वैलेंटाइन-9762 की रिहाई के एक हफ्ते बाद इंडियाना के रिचमंड में बड़ी सफाई से एक तिजोरी तोड़ दी गई, और वारदात को अंजाम देने वाले का कोई सुराग भी नहीं मिला। वहाँ से सिर्फ आठ सौ डॉलर निकले। उसके दो हफ्तों बाद एक पेटेंट की हुई, अधिक उन्नत किस्म की, सेंधमारों से सुरक्षित एक तिजोरी लोगनस्पोर्ट में पनीर के डिब्बे की तरह खोल ली गई और उसमें से लगभग पंद्रह सौ डॉलर के नोट उड़ा लिये गए, सेंधमार ने सिक्योरिटी के कागजात और सिक्कों को नहीं छुआ। इससे चोर पकड़ने वालों को दिलचस्पी होने लगी। फिर जेफरसन सिटी में एक पुराने ढंग की बैंक तिजोरी सक्रिय हो गई और उसने अपने ज्वाला मुख से पाँच हजार डॉलर के नोट उगल डाले। वारदातें इतनी ज्यादा हो चली थी कि उसमें बेन प्राइस की श्रेणी की प्रतिभा की जरूरत पड़ गई। सारी घटनाओं को मिलाकर देखा गया तो सेंधमारी के तरीकों में एक खास किस्म की समानता सामने आई। बेन प्राइस ने डकैतियों के घटना-स्थलों की पड़ताल की और बताया—

''ये डैंडीजिम वैलेंटाइन के निशान हैं। उसने अपना धंधा फिर से शुरू कर दिया है। उस मूठ (नॉब) को देखो—ऐसी आसानी से उखाड़ दिया गया जैसे गीले मौसम में मूली उखाड़ दी जाती है। ऐसे शिकंजे बस उसी के पास हैं, जिनसे इस काम को अंजाम दिया जा सकता है। और देखो, उन पुर्जों को कैसी सफाई से छेद-करके निकाल लिया! जिमी को कभी एक छेद भी नहीं करना पड़ा। हाँ, मैं समझता हूँ, मुझे मि. वैलेटाइन चाहिए। अपनी अगली वारदात वह बहुत जल्दी करने की मूर्खता नहीं दिखाएगा।''

बेन प्राइस को जिमी की आदतों का पता था। इनके बार में बेन को तब पता चला था जब वह स्प्रिंगफील्ड वाले मामले को सुल्झा रहा था। लंबी छलाँगें, जल्दी से बच निकलना, कोई गिरोह नहीं, और अच्छे समाज में उठना-बैठना—इन तौर-तरीकों के कारण मि. वैलेंटाइन को सजा से बच निकलने में सफलता मिल जाती थी और वह इस रूप में मशहूर हो गया। यह खबर आम हो गई कि बेन प्राइस पकड़ में नहीं आने वाले उस सेंधमार की तलाश में लग गया था,

और तब सेंधमारों से सुरक्षित तिजोरियाँ रखने वाले लोगों को और चैन मिल गया।

एक दिन दोपहर बाद जिमी वैलेंटाइन और उसका सूटकेस एल्मोर में डाकगाड़ी से उतरे। यह एल्मोर अरकंसस के रेलामार्ग से पाँच मील दूर स्थित एक छोटा सा कस्बा था। जिमी खिलाड़ियों जैसी कदकाठी वाला एक जवान सीनियर लग रहा था, जो अभी कॉलेज से घर लौटा था। वह तख्तों वाले फुटपाथ पर होकर होटल की ओर चल दिया।

तभी एक जवान लड़की गली पार करके नुक्कड़ पर उसके पास से निकली और एक दरवाजे से अंदर चली गई, जिस पर लिखा था—'दिर एल्मोर बैंक'। जिमी वैलेंटाइन ने उसकी आँखों में देखा, वह भूल गया, वह कौन था, और एक बिलकुल अलग आदमी बन गया। लड़की ने अपनी नजरें झुका लीं और उस पर थोड़ी रंगत आ गई। जिमी जैसे अंदाज वाले खूबसूरत नौजवान एल्मोर में विरले ही थे।

जिमी ने एक लड़के को पकड़ लिया, जो बैंक की सीढ़ियों पर इस तरह मटरगश्ती कर रहा था जैसे उस बैंक का शेयरहोल्डर हो। उसने लड़के से उस कसबे के बारे में तमाम सवाल कर डाले, और बीच-बीच में उसे सिक्के पकड़ाता गया। थोड़ी देर में वह जवान लड़की बाहर आई, जैसे उसने सूटकेस वाले नौजवान को देखा ही नहीं, शाही अंदाज में अपने रास्ते चली गई।

"वह लड़की मिस पॉली सिंपसन है न?" जिमी ने बनावटी चतुराई से पूछा।

"नहीं," लड़के ने कहा, "वह एनाबेल एडम्स है। उसके पापा इस बैंक के मालिक हैं। आप एल्मोर किसलिए आए हैं? क्या यह घड़ी की चेन सोने की है? मुझे एक बुलडॉग लेना है, और सिक्के हैं क्या?"

जिमी प्लांटर्स होटल में गया, जहाँ उसने अपना नाम राल्फ डी. स्पेंसर लिखवाया और कमरा ले लिया। डेस्क पर झुकते हुए उसने क्लर्क को अपने आने का मकसद बता दिया। उसने कहा, वह व्यापार करना चाहता है और उसके

लिए एल्मोर में कोई जगह देखने आया है। इस समय यहाँ जूतों का धंधा कैसा चल रहा है ? मैं जूतों का कारोबार करने के बारे में सोच रहा हूँ। क्या यहाँ इसके लिए गुंजाइश है ?

क्लर्क जिमी के कपड़ों और अंदाज से प्रभावित था। वह खुद एल्मोर के हलके सजे-सँवरे युवाओं के लिए एक तरह से फैशन का नमूना था। उसने बड़े सद्भाव से जिमी को सारी जानकारी दी, और इस बीच वह यह समझने की कोशिश करता रहा कि आखिर इस आदमी ने अपनी टाई इस खास अंदाज में बाँध कैसे रखी है। और वह जानकारी देता रहा।

हाँ, जूतों के काम में तो अच्छी गुंजाइश होनी चाहिए। इस जगह खास जूतों की कोई दुकान नहीं थी। कपड़ों की दुकान और जनरल स्टोर पर ही जूते भी मिल जाते थे। सभी लाइनों में धंधा काफी अच्छा था। उम्मीद थी कि मि. स्पेंसर एल्मोर में जमने का फैसला करेंगे। उन्हें रहने के लिहाज से यह कस्बा उपयुक्त लगेगा और यहाँ के लोगों को वह काफी मिलनसार पाएँगे।

मि. स्पेंसर ने मन-ही-मन वहाँ कुछ दिन रुककर स्थिति का जायजा लेने का फैसला किया। नहीं, क्लर्क को लड़के को बुलाने की जरूरत नहीं थी। वह अपना सूटकेस खुद ले जाएगा, यह थोड़ा भारी था।

एक औचक और परिवर्तनकारी प्रेम बाण की ज्वाला से बची जिमी वैलेंटाइन की राख से बनकर उठा फीनिक्स यानी मि. राल्फ स्पेंसर एल्मोर में ही रह गया, और यहाँ उसने संपन्नता हासिल की। उसने जूतों की दुकान खोल ली और उसका धंधा अच्छा चल निकला।

समाज में भी उसे कामयाबी मिली और उसके कई दोस्त बन गए। उसकी दिल की मुराद भी पूरी हो गई। वह मिस एनाबेल एडम्स से मिला और उसकी सुंदरता के मोहपाश में बँधता चला गया।

एक साल बीत जाने पर मि. राल्फ स्पेंसर की स्थिति यह थी : उसने इलाके के लोगों में सम्मानजनक स्थान बना लिया था, उसकी जूतों की दुकान खूब चल रही थी। वह और एनाबेल सगाई के बंधन में बँध चुके थे और दो हफ्तों में उनकी

शादी होने वाली थी। ठेठ देहाती, मेहनती, बैंक मालिक, मि. एडम्स भी स्पेंसर को पसंद करते थे। एनाबेल उससे जितना प्यार करती थी लगभग उतना ही उस पर गर्व भी करती थी। मि. एडम्स और एनाबेल की शादी-शुदा बहन के परिवार में भी वह घर जैसा रहता था जैसे वह उनका सदस्य बन चुका हो।

एक दिन जिमी ने अपने कमरे में बैठकर यह चिट्ठी लिखी, जिसने उसे सेंट लुईस के अपने एक पुराने दोस्त के सुरक्षित पते पर भेज दिया :

प्रिय मित्र,

मैं चाहता हूँ कि तुम अगले बुधवार की रात नौ बजे लिटिल रॉक के सलिवैन प्लेस में पहुँचो। मैं चाहता हूँ कि तुम मेरे लिए कुछ छोटे-मोटे मामले निपटा दो। मैं तुम्हें अपने औजारों का किट भेंट करना चाहता हूँ। मैं जानता हूँ, उन्हें पाकर तुम्हें खुशी होगी—तुम एक हजार डॉलर में भी इन औजारों की नकल नहीं बना सकते। देखो बिली, मैंने पुराना धंधा छोड़ दिया है—एक साल पहले। मेरी एक बढ़िया दुकान है। मैं ईमानदारी से रोजी कमा रहा हूँ, और आज से दो हफ्ते बाद दुनिया की सबसे अच्छी लड़की से शादी करने जा रहा हूँ। जिंदगी बस यही है बिली—सिधाई की जिंदगी। अब मैं दस लाख के लालच में भी किसी और का एक डॉलर नहीं छुऊँगा। शादी करने के बाद मैं सबकुछ बेच-बाचकर पश्चिम चला जाऊँगा, जहाँ मुझे मेरे खिलाफ पुराने मामले निकाले जाने का इतना ज्यादा खतरा नहीं रहेगा। मैं तुम्हें बता दूँ, बिली, वह तो एक फरिश्ता है। वह मुझ पर विश्वास करती है, चाहे पूरी दुनिया इधर से उधर हो जाए, मैं अब कोई गलत काम नहीं करूँगा। सलिवैन प्लेस में जरूर आ जाना, क्योंकि मेरा तुमसे मिलना बेहद जरूरी है। मैं अपने साथ औजार लेकर आऊँगा।

तुम्हारा पुराना मित्र,

जिमी।

सोमवार की रात जिमी के हाथ यह चिट्ठी लिखे जाने के बाद बेन प्राइस एक किराए की गाड़ी में चुपचाप एल्मोर में पहुँचा। उसने अपने गुपचुप

अंदाज में वहाँ रहकर जरूरी जानकारी हासिल की। स्पेंसर की जूतों की दुकान के सामने की तरफ दवाइयों की दुकान से उसने राल्फ डी. स्पेंसर को खूब अच्छी तरह से देखा।

"बैंक मालिक की बेटी से शादी करने जा रहे हो न, क्यों जिमी?" बेन ने धीरे से अपने आप से कहा, "देखो, मुझे पता नहीं!"

अगली सुबह जिमी ने एडम्स परिवार के साथ नाश्ता किया। उस दिन उसे अपनी शादी के सूट का ऑर्डर देने और एनाबेल के लिए कोई अच्छी सी चीज खरीदने लिटिल रॉक जाना था। एल्मोर आने के बाद से यह पहला मौका होगा कि वह कस्बे से बाहर जाएगा। उन पेशेवर वारदातों को किए हुए अब एक साल से ऊपर हो चुका था। वह सोच रहा था कि अब वह बेखौफ बाहर निकल सकता है।

नाश्ते के बाद पूरा परिवार एक साथ कस्बे में निकल गया—मि. एडम्स, एनाबेल, जिमी और एनाबेल की शादी-शुदा बहन तथा उसकी पाँच और नौ साल की दो छोटी बेटियाँ। वे उस होटल पर पहुँचे जहाँ जिमी अभी भी रह रहा था। वह दौड़कर अपने कमरे में गया और अपना सूटकेस ले आया। फिर वे बैंक चले गए। वहाँ जिमी की घोड़ागाड़ी थी और डॉल्फ गिब्सन था, जो उसे रेलवे स्टेशन ले जाने वाला था।

सभी ऊँचे, नक्काशीदार बलूत के जंगले से होकर बैंकिंग रूम में दाखिल हो गए—उनमें जिमी भी था, क्योंकि मि. एडम्स के होने वाले दामाद का हर कहीं स्वागत था। मिस एनाबेल से शादी करने जा रहे इस खूबसूरत, मिलनसार नौजवान से अभिवादन पाकर सारे क्लर्क खुश थे। जिमी ने अपना सूटकेस नीचे रख दिया। एनाबेल का दिल उस समय खुशी और जवानी की उमंग से छलक रहा था, उसने जिमी का हैट पहन लिया और सूटकेस उठा लिया। "अच्छी ड्रमर बन सकती हूँ न?" एनाबेल ने कहा, "अरे राल्फ! कितनी भारी है यह? लगता है इसमें सोने की ईंटें भरी हैं।"

"ढेर सारे निकल-चढ़े शू-हॉर्न (जूते चढ़ाने के चप्पे) हैं।" जिमी ने

शांति से कहा, "जिन्हें मैं लौटाने जा रहा हूँ। मैंने सोचा खुद पहुँचाने से कुछ पैसा बच जाएगा। मैं बहुत ज्यादा किफायती होता जा रहा हूँ।"

एल्मोर बैंक में हाल ही में एक नई तिजोरी और स्ट्रांग रूम की शुरुआत हुई थी। मि. एडम्स को इस पर बहुत गर्व था, और वह सबसे इसे देखने का आग्रह करते थे। स्ट्रांग-रूम था तो छोटा सा, लेकिन इसमें एक नया पेटेंट दरवाजा लगा था। यह एक साथ एक ही हत्थे से लगने वाले तीन ठोस इस्पाती बोल्टों से बंद होता था और उसमें एक टाइम लॉक भी था। मि. एडम्स ने चहकते हुए मि. स्पेंसर को समझाया कि यह कैसे काम करता है, और उसने जो दिलचस्पी दिखाई, उसमें सौजन्य तो था समझदारी नहीं थी। दोनों बच्चियाँ, मे और अगाथा, चमकती धातु और मजेदार ताले तथा मूठों से खुश हो रही थीं।

इस बीच बेन प्राइस अंदर आ गया और अपनी कुहनी पर टिककर जंगले के बीच से यों ही अंदर देखने लगा। कैश क्लर्क से उसने यही कहा कि उसे चाहिए कुछ नहीं, वह तो अपने किसी परिचित का इंतजार कर रहा था।

अचानक औरतों की एक-दो चीखें सुनाई दीं और अफरा-तफरी मच गई। बड़ों ने देखा नहीं, और इधर नौ वर्षीय मे ने खेल-खेल में अगाथा को स्ट्रांगरूम में बंद कर दिया था। फिर उसने बोल्टों और मूठ को वैसे ही घुमा दिया जैसे उसने मि. एडम्स को करते देखा था।

बुजुर्ग बैंक मालिक ने उछलकर हत्थे को पकड़ा और एक पल उससे जूझते रहे। "दरवाजा खुल नहीं सकता," उन्होंने दर्द भरी आवाज में कहा, "ताले को घुमाया नहीं गया है और कंबिनेशन को भी सेट नहीं किया गया है।"

अगाथा की माँ बदहवासी में एक बार फिर चीखी।

"चुप!" मि. एडम्स ने अपना काँपता हाथ उठाकर कहा, "एक पल के लिए सब चुप हो जाएँ। अगाथा!" उन्होंने पूरे जोर से पुकारा, "मेरी बात

सुनो।'' उसके बाद जो खामोशी छाई, उसमें वे बच्ची की बहुत धीमी आवाज ही सुन पाए, जो भयाक्रांत होकर अँधेरे स्ट्रांगरूम में बदहवास चीख रही थी।

''मेरी बच्ची, मेरी लाडली!'' माँ विलाप कर रही थी—''वह डर से मर जाएगी! दरवाजा खोलो! अरे, तोड़ डालो इसे! तुम मर्द लोग कुछ कर नहीं सकते क्या?''

''लिटिल रॉक से नजदीक कोई ऐसा आदमी नहीं है जो उस दरवाजे को खोल पाए।'' मि.ऐडम्स ने काँपती आवाज में कहा, ''हे भगवान्! स्पेंसर क्या करें हम? वह बच्ची—वह वहाँ ज्यादा देर इसे बरदाश्त नहीं कर पाएगी। वहाँ इतनी हवा नहीं है और इसके अलावा वह डर से मर जाएगी।''

अब तक अगाथा की माँ उन्मत्त हो चुकी थी। वह स्ट्रांगरूम के दरवाजे को अपने हाथों से पीट रही थी। किसी ने बदहवासी में सुझा दिया कि डाइनेमाइट लगा दो। एनाबेल ने मुड़कर जिमी को देखा, उसकी बड़ी-बड़ी आँखों में पीड़ा थी, मगर निराशा नहीं थी। एक औरत की नजर में उस आदमी के लिए कुछ भी करना असंभव नहीं होता जिसकी वह पूजा करती है।

''आप कुछ नहीं कर सकते क्या, राल्फ! कोशिश तो करके देखिए, करेंगे न?''

राल्फ ने उसे अजीब तरीके से, हलके से मुसकराकर देखा।

''एनाबेल,'' उसने कहा, ''मुझे वह गुलाब दो जो तुम लगाए हुए हो, दोगी न?''

एनाबेल को विश्वास नहीं हुआ कि उसने जो सुना वह सही था, फिर भी उसने अपनी पोशाक में से वह कली निकालकर उसके हाथ में रख दी। जिमी ने इसे अपनी वेस्ट की जेब में रख लिया, अपना कोट उतार फेंका और अपनी कमीज की आस्तीनें चढ़ा लीं। इस हरकत के साथ ही राल्फ डी. स्पेंसर खत्म हो गया और उसकी जगह जिमी वैलेंटाइन आ गया।

''दरवाजे से हट जाओ, तुम सब।'' उसने दो टूक आदेश दिया।

उसने अपना सूटकेस मेज पर रख लिया, और उसे पूरा खोल दिया। उसके

बाद से तो ऐसा लगा कि वह और सभी की उपस्थिति से अनभिज्ञ था। जैसे वहाँ और कोई था ही नहीं। उसने चमकते, अजीबोगरीब औजारों को फुरती से एक क्रम में सजा दिया। वह अपने आप में ही धीरे-धीरे सीटी बजाने लगा, जैसाकि वह काम करते समय हमेशा ही करता था। बाकी लोग गहरी खामोशी में और जड़ होकर उसे ऐसे देखने लगे, मानो उन पर किसी ने जादू कर दिया था।

एक मिनट में जिमी का प्रिय बरमा इस्पात के दरवाजे को बड़ी आसानी से काट रहा था। दस मिनट में—अपने ही सेंधमारी के कीर्तिमान को तोड़ते हुए उसने बोल्टों को पीछे कर दिया और दरवाजे को खोल दिया।

अगाथा एक तरह से निढाल हो चुकी थी, लेकिन सही-सलामत थी, उसे उसकी माँ ने अपनी बाँहों में सँभाल लिया।

जिमी वैलेंटाइन ने अपना कोट पहना और जंगले से बाहर निकलकर अगले दरवाजे की तरफ चल दिया। जाते समय उसे लगा कि कहीं दूर से एक आवाज उसे पुकार रही थी, जिसे वह कभी जानता था—'राल्फ!' लेकिन वह बिलकुल नहीं झिझका।

दरवाजे पर एक विशालकाय व्यक्ति एक तरह से उसके रास्ते में ही खड़ा था।

"हलो, बेन!" जिमी ने कहा, उसके होंठों पर वही अजीब सी मुसकान थी। "आखिर आ ही गए, क्यों? ठीक है, चलो चलते हैं। मैं नहीं सोचता कि अब इससे कोई खास फर्क पड़ेगा।"

और तब बेन प्राइस ने थोड़ी अजीब सी हरकत की।

"लगता है, आपको कोई गलतफहमी हो गई है, मि. स्पेंसर।" बेन प्राइस ने कहा, "मैं तो आपको पहचानता तक नहीं। आपकी घोड़ागाड़ी आपका इंतजार कर रही है, है न?"

बेन प्राइस मुड़ा और टहलता हुआ गली में निकल गया।

□

अनूठा उपहार

एक डॉलर और सत्तासी सेंट, बस। और इनमें से आठ सेंट पेनी में थे। ये पेनी एक-एक या दो-दो करके बचाई गई थीं। जिनके लिए परचूनिए और सब्जीवाले को तथा मीटवाले को इस कदर ध्वस्त करना पड़ा था कि इस तरह के लेन-देन में होने वाले कमखर्ची के लांछन से जलने लगें। डेला ने इन्हें तीन बार गिना। एक डॉलर और सत्तासी सेंट। और अगले दिन क्रिसमस था।

अब करने को बस यही बचा था कि गंदे छोटे दीवान पर पड़कर जोर-जोर से रोया जाए। सो डेला ने वही किया, जिससे यह शिक्षा मिलती है कि जीवन सिसकियों, बिछुड़ने और मुसकराने से बना है, जिनमें सबसे बड़ा हिस्सा बिछुड़ने का है।

जब तक घर की मालकिन धीरे-धीरे पहले चरण से दूसरे चरण पर आ रही है, हम घर पर एक नजर डाल लेते हैं। यह एक फर्निश्ड फ्लैट था, जिसका एक सप्ताह का किराया आठ डॉलर था। यह परिचय का मोहताज तो नहीं था, लेकिन यह शब्द उसमें निश्चय ही भिक्षुक मंडली की तलाश में था।

नीचे ड्योढ़ी में एक पत्र पेटी थी, जिसमें कोई पत्र नहीं जाता था, और बिजली का एक स्विच था, जिस पर उँगली रखकर कोई भी इनसान घंटी नहीं बजा सकता था। वहाँ एक कार्ड भी था, जिस पर 'मि. जेम्स डिलिंगहैम यंग' नाम लिखा था।

इसमें से 'डिलिंगहैम' तो संपन्नता के उस दौर में हवा में उड़ रहा था,

जब इसके मालिक को हर सप्ताह तीस डॉलर मिल रहे थे। अब जब आमदनी सिकुड़कर बीस डॉलर रह गई थी तो 'डिलिंगहैम' के अक्षर धुँधले दिखाई देने लगे थे, मानो वे और सिकुड़कर बस एक गौण अक्षर 'डी' बन जाने के बारे में गंभीरता से सोच रहे हों। लेकिन जब कभी मि. जेम्स डिलिंगहैम यंग घर आता और ऊपर अपने फ्लैट में पहुँचता तो मिसिज जेम्स डिलिंगहैम यंग—जिसका परिचय आपको डेला के रूप में दिया जा चुका है—उसे 'जिम' कहकर बुलाती और खुलकर उसका आलिंगन करती थी। जो सब बहुत अच्छा है।

डेला ने रोना बंद किया और अपने गालों पर पाउडर का पुछारा फेरा। वह खिड़की पर खड़ी हो गई और नीरसता में बाहर एक भूरी बिल्ली को देखने लगी, जो एक भूरे पिछवाड़े में एक भूरी बाड़ पर से जा रही थी। कल के दिन क्रिसमस होगा, और उसके पास केवल एक डॉलर और सत्तासी सेंट थे, जिससे उसे जिम के लिए एक उपहार खरीदना था। वह महीनों से कोशिश करके एक-एक पेनी बचा रही थी, उसका यह नतीजा मिला था। हफ्ते के बीस डॉलर कोई ज्यादा नहीं चलते। उसने जो हिसाब लगाया था, खर्च उससे कहीं ज्यादा हुए थे। खर्चे हमेशा ही ज्यादा होते हैं। जिम के लिए उपहार खरीदने को सिर्फ एक डॉलर सत्तासी सेंट। उसके जिम के लिए। कितने ही सुखद घंटे बिताए थे उसने यह योजना बनाने में कि जिम के लिए कोई अच्छी सी चीज खरीदी जाए। कुछ ऐसी चीज जो बढ़िया और दुर्लभ तथा उत्कृष्ट हो—कुछ ऐसी चीज जो जिम के पास होने के सम्मान के योग्य जैसी हो।

कमरे की खिड़कियों के बीच एक स्तंभ-आईना लगा था। शायद आपने आठ डॉलर वाले फ्लैट में ऐसे आईने देखे होंगे। कोई बहुत पतला और बहुत फुरतीला व्यक्ति जल्दी-जल्दी बनने वाली लंबवत् धारियों के क्रम में अपनी छवि का सही अनुमान लगा सकता था। डेला क्योंकि पतली थी, इसलिए उसने इस कला में महारत हासिल कर ली थी।

अचानक वह खिड़की से घूमी और आईने के सामने आकर खड़ी हो गई। उसकी आँखें तो अम्लान-चमक रही थीं, लेकिन उसके चेहरे का रंग बीस सेकेंड

के अंदर उड़ गया था। उसने जल्दी से अपने बाल खोले और इन्हें पूरी लंबाई में गिरने दिया।

जेम्स डिलिंगहैम यंग दंपती के पास दो ही तो चीजें थीं, जिन पर वे बेहद गर्व करते थे। एक थी जिम की सोने की घड़ी, जो कभी उसके पिता की और उससे भी पहले उसके दादा की हुआ करती थी। दूसरी चीज थी डेला की केशराशि। अगर शीबा की रानी सामने वाले फ्लैट में रह रही होती तो डेला जरूर किसी दिन उसके जवाहरात और तोहफों की अवमानना करने के लिए अपने बालों को सुखाने की गरज से खिड़की के बाहर लटकने देती। अगर राजा सोलोमन रखवाला होता और उसका सारा खजाना तहखाने में जमा होता तो जिम जब भी उसके पास से निकलता, अपनी घड़ी निकालता। यह सब वह उसे जलाने के लिए करता, यह देखने के लिए कि कैसे वह जलन के मारे अपनी दाढ़ी नोचता है।

सो इस समय डेला के खूबसूरत बाल उसके आस-पास गिरे हुए थे, और कत्थई पानी के झरने की तरह लहरा रहे थे और चमक रहे थे। ये उसके घुटनों के नीचे तक पहुँच रहे थे और उसके लिए एक तरह से पोशाक सी बना रहे थे। फिर उसने निराशा में और जल्दी से उन्हें बाँध लिया। एक बार तो वह एक मिनट के लिए डगमगाई और निश्चल खड़ी रही, जबकि एक-दो आँसू घिस चुके लाल कालीन पर छलक गए।

उसने अपना पुराना कत्थई कोट और हैट पहना। स्कर्ट को घुमाती और आँखों की उस अम्लान चमक को बरकरार रखती, वह धड़धड़ाती हुई दरवाजे से बाहर निकली, तथा सीढ़ियाँ उतरकर गली में पहुँच गई।

जहाँ वह आकर रुकी, वहाँ साइन बोर्ड पर लिखा था—मैडम सोफ्रोनी, सभी तरह के बाल के सामान'। डैला ने एक सीढ़ी दौड़कर चढ़ी और अपने आपको सँभाला। वह हाँफ रही थी। मैडम लंबी-चौड़ी, बहुत सफेद ठंडी थी, और 'सोफ्रोनी' जैसी तो बिलकुल भी नहीं लग रही थी।

"मेरे बाल खरीदेंगी ?" डेला ने पूछा।

''मैं बाल खरीदती हूँ,'' मैडम ने कहा, ''अपना हैट उतारो और मुझे देखने दो कैसे लगते हैं ये।''

कत्थई झरना लहराता हुआ नीचे आ गया।

''बीस डॉलर!'' मैडम ने उस केशराशि को अपने अभ्यस्त हाथ में उठाते हुए कहा।

''जल्दी दे दो मुझे।'' डेला ने कहा।

ओह, और अगले दो घंटे गुलाबी पंखों पर निकल गए। भूल जाइए इस घालमेल रूपक को। वह जिम के तोहफे के लिए दुकानों को छान रही थी।

आखिर उसे वह चीज मिल गई। यह निश्चय ही जिम के लिए बनाई गई थी, किसी और के लिए नहीं। इस जैसी चीज उन दुकानों में से किसी में भी नहीं थी, उसने सारी दुकानों को उलटकर रख दिया था। यह प्लेटिनम की एक जेबी चेन थी, इसका डिजाइन सादा और बेदाग था, इसका मैटीरियल देखकर ही इसके मूल्य का पता चलता था, इसकी दिखावटी सजावट से नहीं, जैसाकि सभी अच्छी वस्तुओं को होना चाहिए। यह 'घड़ी' के लायक भी थी। उसने जैसे ही इसे देखा, उसने जान लिया कि इसे जिम का ही होना चाहिए। यह उस जैसी ही थी। सादगी और कीमती—यह बात उन दोनों पर ही लागू होती थी। इसके उन्होंने उससे इक्कीस डॉलर लिए और वह सत्तासी सेंट लेकर जल्दी से घर आ गई। अपनी घड़ी पर वह चेन लगी होने से जिम किसी भी संगत में समय के बारे में ठीक से उत्सुक रह सकता था। उसकी घड़ी तो शानदार थी, लेकिन उस पर चेन की जगह पुराना चमड़े का पट्टा होने की वजह से वह कभी-कभी उसे छिपाकर देखता था।

जब डेला घर पहुँची तो उसका नशा उतर गया और उसकी जगह विवेक और तर्क ने ली। उसने बाल घुँघराले करने वाले आयरन निकाले और गैस जलाई और प्यार में मिश्रित उदारता के हाथों हुई बरबादी के निशानों की मरम्मत में जुट गई। जो हमेशा ही एक जबरदस्त काम हुआ करता है, प्रिय मित्रो—एक बड़ा कार्य।

चालीस मिनट में ही उसका सिर छोटे-छोटे, घने छल्लों से ढक गया, और वह अद्‌भुत शैतान स्कूली लड़के सी दिखने लगी। उसने आईने में अपनी छवि को देर तक सावधानी से और आलोचना की दृष्टि से देखा।

''अगर जिम ने मुझे दूसरी बार देखने से पहले ही मार ही न डाला तो,'' उसने अपने मन में कहा, ''वह मुझसे कहेगा कि मैं कोनी द्वीप की कोई गायिका लगती हूँ। लेकिन मैं कर क्या सकती थी—ओह! मैं कर क्या सकती थी एक डॉलर और सत्तासी सेंट से?''

सात बजे कॉफी बनाई जा चुकी थी और फ्राई पैन चूल्हे पर गरम और तैयार रखा था, चाप बनाने के लिए।

जिम कभी देर से नहीं आता था। डेला ने जेबी चेन दोहरी करके अपने हाथ में ले ली और जिस दरवाजे से जिम हमेशा अंदर आता था, उसके पास वह मेज के कोने पर बैठ गई। फिर उसमे सीढ़ियों पर नीचे पहले कदम पर उसके कदमों की आहट सुनी, और पल भर के लिए वह सफेद पड़ गई। उसकी आदत थी कि वह रोजमर्रा की छोटी-से-छोटी बातों के लिए छोटी सी खामोश प्रार्थनाएँ करती थी, और इस समय भी उसने धीमे से प्रार्थना की : ''हे परमेश्वर, कृपया उन्हें यह सोचने दें कि मैं अब भी खूबसूरत हूँ।''

दरवाजा खुला और जिम अंदर आया। उसने दरवाजा बंद कर दिया। वह पतला और बहुत गंभीर दिखाई दे रहा था। बेचारा अभी बाईस का ही तो था—और उस पर परिवार का बोझ आ पड़ा था। उसे एक नए ओवरकोट की जरूरत थी और वह बिना दस्तानों के था।

जिम दरवाजे के अंदर ऐसे चुपचाप घुसा जैसे बटेर की गंध पा गया शिकारी कुत्ता। उसकी आँखें डेला पर जमी थीं, और उनमें एक ऐसा भाव था जो डेला की समझ से बाहर था, वह भयाक्रांत हो गई। यह क्रोध नहीं था, आश्चर्य नहीं था, असहमति नहीं थी, आतंक भी नहीं था, और ऐसा कोई भी भाव नहीं था यह जिसके लिए वह तैयार थी। वह अपने चेहरे पर वह विचित्र भाव लिये उसे बस एकटक देखे जा रहा था।

डेला मेज से उठी और उसके पास गई।

''जिम, डार्लिंग,'' वह चिल्लाई, ''मेरी तरफ ऐसे मत देखो। मैंने अपने बाल कटवाकर इसलिए बेच दिए, क्योंकि अगर मैं तुम्हें कोई तोहफा नहीं देती तो मैं क्रिसमस पार नहीं कर सकती थी। ये तो फिर उग आएँगे—तुम बुरा तो नहीं मानोगे न, क्यों? मुझे यह करना ही था। मेरे बाल बहुत तेजी से बढ़ते हैं। 'मेरी क्रिसमस' बोलो जिम, और आओ हम खुशी मनाएँ। तुम्हें नहीं पता कितना अच्छा, कितना सुंदर, अच्छा उपहार लाई हूँ मैं तुम्हारे लिए।''

''तुमने अपने बाल कटवा दिए?'' जिम ने बड़ी मुश्किल से कहा, मानो वह अत्यधिक मुश्किल दिमागी कोशिश करने के बाद भी इस स्पष्ट सच तक नहीं पहुँच पाया था।

''कटवा दिए और बेच भी दिए,'' डेला ने कहा, ''क्या मैं तुम्हें ऐसे अच्छी नहीं लगती? मैं मेरे बालों के बिना भी मैं हूँ, है न?''

जिम ने उत्सुकता से कमरे में निगाह दौड़ाई।

''तुम कह रही हो तुम्हारे बाल अब नहीं हैं?'' उसने जैसे मूर्खों की तरह कहा।

''इन्हें तलाशो मत,'' डेला ने कहा, ''ये बिक चुके हैं, मैं कह तो रही हूँ—बिक गए और चले भी गए। आज क्रिसमस से पहले की रात है, जानू। मुझसे अच्छा व्यवहार करो, क्योंकि बाल तुम्हारी खातिर कटे हैं। शायद मेरे सिर के बाल गिनती के थे।'' उसने औचक गंभीर मिठास के साथ अपनी बात जारी रखी, ''लेकिन मैं तुमसे कितना प्यार करती हूँ, इसकी गिनती कोई कभी नहीं कर सकता। चाप चढ़ा दूँ, जिम?''

जिम जैसे एक झटके में अपनी तंद्रा से जाग गया। उसने अपनी डेला को आलिंगन में बाँध लिया। दस सेकेंड के लिए आइए हम एक अलग दिशा में एक अलग वस्तु की तरफ ध्यान देते हैं। एक सप्ताह में आठ डॉलर या एक वर्ष में दस लाख—क्या फर्क पड़ता है? कोई गणितज्ञ या कोई चतुर व्यक्ति आपको इसका गलत जवाब देगा। ज्ञानीजन ईसा मसीह के जन्म के अवसर पर—

बहुमूल्य उपहार लेकर आए थे, लेकिन उनमें ये नहीं थे। इस पर हम बाद में प्रकाश डालेंगे।

जिम ने अपने ओवकरोट की जेब से एक पैकेट निकाला और उसे मेज पर फेंक दिया।

''मेरे बारे में कोई भूल मत करो, डेल,'' उसने कहा, ''मैं नहीं सोचता कि बाल कटने या बाल साफ होने या शैंपू में से कुछ भी ऐसा है जो मेरी डेल के लिए मेरे प्यार को कम कर सकता है। लेकिन अगर तुम उस पैकेट को खोलोगी तो शायद तुम्हारी समझ में आ जाएगा कि क्यों तुम्हारी बात पर पहले तो मैं हिल गया था।''

सफेद उँगलियों ने चपलता से धागे और कागज को खोल डाला। और फिर खुशी की एक जोरदार चीख, और फिर अफसोस! एक स्त्री सुलभ बदलाव के साथ आँसू निकल पड़े और जोर-जोर से इस कदर रोना-धोना शुरू हो गया कि घर के मालिक को उसे तसल्ली देने के लिए सारी ताकत झोंक देनी पड़ी।

क्योंकि डेला के सामने अब सजावटी कंघों का एक सेट रखा था, जिसकी पूजा ब्रॉडवे की एक शॉप विंडो पर वह एक अरसे से करती आई थी। ये शुद्ध कछुए के खप्पर के, रत्न जड़े किनारों वाले कंघे थे—जो ठीक उसके उन खूबसूरत बालों के लायक शेड के थे, जो अब उसके सिर पर नहीं थे। उसे पता था, ये महँगे कंघे थे और उसका मन बस उनके लिए ललचाकर रह जाता था, क्योंकि उसे यह उम्मीद कभी नहीं रही थी कि ये उसके हो पाएँगे। और अब ये उसके थे, किंतु जिन लटों को इन अलंकारों को अलंकृत करना चाहिए था, वे अब नहीं थीं।

लेकिन उसने उन्हें अपने सीने से लगा लिया, और आखिर वह डबडबाई आँखों से और मुसकराती हुई सिर उठाकर यह कह पाई—''मेरे बाल बहुत तेजी से बढ़ते हैं, जिम।''

फिर वह एक नन्हीं झुलसी बिल्ली की तरह उछल पड़ी और चिल्लाई, ''ओह, ओह!''

जिम ने अभी तक अपना खूबसूरत उपहार नहीं देखा था। उसने बड़ी उत्सुकता से अपनी खुली हथेली पर इसे रखकर जिम की तरफ बढ़ाया। रंगहीन कीमती धातु जैसे डेला की अम्लान और प्रगाढ़ भावना से चमक उठी।

"बढ़िया है न, जिम ? इसके लिए मैंने पूरा शहर छान मारा। अब तुम्हें दिन में सौ बार समय देखना पड़ेगा। अपनी घड़ी तो देना मुझे। देखना चाहती हूँ इस पर कैसी लगती है।"

डैला की बात मानने के बजाय, जिम दीवान पर लुढ़क गया और अपने हाथ अपने सिर के नीचे छिपाकर मुसकराने लगा।

"डेल," उसने कहा, "चलो हम अपने क्रिसमस उपहारों को कुछ देर के लिए अलग रख देते हैं। वे इतने अच्छे हैं कि इस समय हम उन्हें इस्तेमाल नहीं कर सकते। मैंने तुम्हारे कंघे खरीदने के लिए पैसे जुटाने के लिए अपनी घड़ी बेच दी। और अब तुम चाप चढ़ा दो तो कैसा रहे।"

जैसाकि आप जानते हैं, वे ज्ञानीजन बुद्धिमान पुरुष थे—अद्‌भुत बुद्धिमान पुरुष—जो चरनी में लेटे शिशु (यीशु) के लिए उपहार लाए थे। क्रिसमस उपहार देने की कला उन्होंने ईज़ाद की थी। वे बुद्धिमान थे, इसलिए उनके उपहार भी निश्चय ही बुद्धिमत्तापूर्ण थे, और शायद एक जैसे हो जाने की स्थिति में उनके विनिमय का विशेष प्रावधान भी था। और यहाँ मैंने आपके लिए सीधे-सादे ढंग से एक फ्लैटवासी दो बुद्धिहीन बच्चों की नीरस कहानी बयान की है, जिन्होंने अत्यंत बुद्धिहीनता से एक-दूसरे के लिए अपने घर से सबसे बड़े खजाने का त्याग कर दिया। किंतु आजकल के बुद्धिमानों से मैं यह अंतिम बात कहना चाहूँगा कि जो लोग उपहार देते हैं, उन सभी में ये दोनों सबसे अधिक बुद्धिमान थे। हर कहीं वे सबसे अधिक बुद्धिमान हैं। वे ज्ञानीजन हैं, वे नजूमी हैं, मेजाई हैं।

□

दोहरी भूमिका

जब मोबील के मेजर पेंडलटन टॉलबट और उनकी बेटी मिस लीडिया टॉलबट रहने के लिए वाशिंगटन आए, जनाब, तो उन्होंने अपने भोजन और आवास के लिए वह मकान चुना, जो एक अत्यंत शांत छायादार मार्ग से पचास गज पीछे था। यह एक पुराने चलन की ईंटों से बनी इमारत थी, जिसकी ड्योढ़ी लंबे सफेद खंभों पर टिकी थी। आँगन में लोकस्ट और एल्म की छाया रहती थी, जब कटालपा का मौसम होता था तो उसमें से घास पर गुलाबी और सफेद फूलों की झड़ी लग जाती थी। बाड़ और टहलने के मार्गों पर बॉक्स की ऊँची झाड़ियों की कतारें थीं। इस जगह का दक्षिणी अंदाज और दृश्य ही टॉलबट पिता-पुत्री की आँखों को भा गए थे।

इस खुशनुमा निजी बोर्डिंग हाउस में उन्होंने कमरे ले लिये, जिनमें मेजर टॉलबट के लिए लिखने-पढ़ने का एक कमरा भी था। मेजर टॉलबट उस समय अपनी किताब 'एनेक्डोट्स ऐंड ऐमिनिसेंसेस ऑव दि ऐलबैमा आर्मी, बेंच, ऐंड वार' के अंतिम अध्याय लिख रहे थे।

मेजर टॉलबट पुराने दक्षिण के थे। उनकी दृष्टि में वर्तमान में कोई रोचकता या उत्कृष्टता नहीं थी। उनका मन तो गृहयुद्ध के पहले के उस दौर में रमता था, जब टॉलबट परिवार के पास कपास की खेती के लिए हजारों एकड़ बढ़िया जमीन और उसे जोतने के लिए गुलाम होते थे, जब उनकी खानदानी हवेली राजसी सत्कार की जगह होती थी और दक्षिण के कुलीन

लोग वहाँ अतिथि होते थे। उस दौर में से मेजर टॉलबट उसका सारा पुराना अभिमान और सम्मान एक प्राचीन और अत्यंत शिष्टाचारी विनम्रता और (आप सोचिए) कपड़े ले आए थे।

सच में, ऐसे कपड़े पचास साल में कभी नहीं बने थे। मेजर टॉलबट लंबे थे, लेकिन जब भी वह अभिवादन या सम्मान-प्रदर्शन के लिए झुकते तो उनके फ्रॉक कोट के कोने फर्श पर झाड़ू लगाते थे। यह पोशाक तो वाशिंगटन को भी चकित करने वाली थी, जिसने अरसा पहले दक्षिणी कांग्रेस सदस्यों के फ्रॉक और चौड़े किनारों के हैट पर बिदकना छोड़ दिया था। बोर्डिंग हाउस के एक निवासी ने इसका नाम 'फादर हवर्ड' रख दिया था, और यह सचमुच कमर में ऊँचा और घेर में पूरा था।

लेकिन अपने अजीबोगरीब कपड़ों वाले, चुन्नटदार कमीज और हमेशा एक तरफ को सरकते बो वाली अपनी छोटी काली टाई वाले मेजर पर मिसिज वार्डमैन के विशिष्ट बोर्डिंग हाउस में हँसा भी जाता था और उन्हें पसंद भी किया जाता था। जैसाकि कुछ युवा डिपार्टमेंट क्लर्क कहते थे, वे अकसर उन्हें 'उकसाते' थे और वह उनके प्रिय विषय—उनकी प्रिय दक्षिणभूमि की परंपराओं और इतिहास—पर बोलना शुरू कर देते थे। अपनी बातों के दौरान वह 'एनेक्डोट्स ऐंड ऐमिनिसेंस' से खुलकर उद्धरण देते थे। लेकिन ये युवा बड़ी होशियारी से काम लेते थे कि मेजर को उनकी चालाकी का पता न चल पाए, क्योंकि अड़सठ का होने पर भी वह अपनी पैनी भूरी आँखों से उनमें से निडर-से-निडर युवक का भी बुरा हाल कर सकते थे।

मिस लीडिया पैंतीस बरस की एक छोटी गोल-मटोल कन्या थी। वह अपने बालों को आराम से खींचकर और कसकर बाँधती थी, जिससे वह और भी बड़ी उम्र की लगती थी। वह भी पुराने चलन की थी, लेकिन गृहयुद्ध से पहले की गरिमा उसमें इस तरह नहीं झलकती थी जैसे मेजर में। उसमें किफायत की एक सहज समझ थी, और परिवार का हिसाब-किताब वही देखती थी, और जब बिलों की अदायगी करनी होती थी तो सभी आने

वालों से वही मिलती थी। मेजर को खाने और धुलाई के बिलों से चिढ़ थी और वह उन्हें झंझट समझते थे। ये आते भी तो इतनी जल्दी-जल्दी और इतने बारंबार थे। मेजर को यह समझ में नहीं आता था कि इन बिलों को एक मुश्त में और किसी सहूलियत वाले समय में क्यों नहीं पेश और अदा किया जा सकता था—जैसे कि तब जब 'एनेक्डोट्स ऐंड एमिनिसेंसेस' छप जाए और उसका पैसा मिल जाए? मिस लीडिया शांतिपूर्वक अपनी सिलाई में लगी रहती और कहती थी, "जब तक हमारा पैसा चल रहा है, हम ऐसे ही देते रहेंगे, फिर शायद उन्हें एक मुश्त ही लेना होगा।"

मिसिज वार्डमैन के अधिकतर किराएदार दिन में बाहर ही रहते थे, क्योंकि वे लगभग सब-के-सब डिपार्टमेंट क्लर्क या कारोबारी थे, लेकिन एक था जो सुबह से रात तक अधिकतर घर पर ही रहता था। यह हेनरी हॉपकिंस हारग्रेव्स नाम का एक नवयुवक था। बोर्डिंग हाउस में सभी उसको उसके पूरे नाम से बुलाते थे। वह एक लोकप्रिय वोडविल थिएटर में लगा था। वोडविल ने पिछले कुछ वर्षों में काफी सम्मानजनक स्थिति बना ली है, और मि. हारग्रेव्स इतना सुशील और सुसभ्य था कि मिसिज वार्डमैन को उसे अपने बोर्डिंग हाउस का सदस्य बनाने में कोई आपत्ति नहीं हुई।

थिएटर में हारग्रेव्स एक हरफनमौला भाषिक हास्य कलाकार के रूप में विख्यात था, उसे जर्मन, आयरिश, स्वीड और अश्वेत चेहरे की प्रस्तुति में विशेषज्ञता हासिल थी। लेकिन मि. हारग्रेव्स महत्त्वाकांक्षी था और वह अकसर कहा करता था कि उसकी बड़ी इच्छा थी कि वह वैध हास्य अभिनय में कामयाबी हासिल करे।

इस युवक को जैसे मेजर टॉलबट से काफी लगाव सा हो गया था। जब भी मेजर अपने दक्षिण के संस्मरण शुरू करते या कोई अत्यंत सजीव घटना को दोहराते तो हारग्रेव्स हमेशा सबसे अधिक ध्यान से सुनता दिखाई देता था।

कुछ समय तक तो मेजर ने हारग्रेव्स की उनके पास आने की इन कोशिशों

को नजरअंदाज करने की इच्छा जताई, वह अकेले में उसे 'नाट्य अभिनेता' कहते थे, लेकिन जल्दी ही युवक की मिलनसारिता और मेजर के किस्सों के प्रति उसकी निश्शंक सराहना ने मेजर का दिल जीत लिया।

जल्दी ही वे पुराने दोस्त जैसे बन गए। मेजर हर दोपहर बाद का समय उसे अपनी किताब की पांडुलिपि सुनाने के लिए रखते। घटनाएँ पढ़े जाने के दौरान हारग्रेव्स बिलकुल सही जगह पर हँसने में कभी नही चूकता था। मेजर ने प्रभावित होकर एक दिन लीडिया को बताया कि युवा हारग्रेव्स में पुराने शासन के प्रति एक संतोषजनक सम्मान और गजब की समझ है। जब उन पुराने दिनों की बात करने की बारी आती—और मेजर टॉलबट उस बारे में बात करना पसंद करते, तो मि. हारग्रेव्स सम्मोहित होकर सुनता था।

बीते दिनों की बात करने वाले लगभग सभी बुजुर्गों की तरह मेजर को विस्तार से बताना अच्छा लगता था। पुराने बागान मालिकों के शानदार, लगभग शाही, दिनों का बखान करते समय, वह हिचककर उनका घोड़ा पकड़ने वाले हब्शी का नाम या छोटी-मोटी घटनाओं की सही तारीख या अमुक साल में कपास के गट्ठरों की संख्या याद करने लग जाते थे, लेकिन हारग्रेव्स कभी अधीर नहीं होता था और उसकी दिलचस्पी कभी खत्म नहीं होती थी। इसके उलट वह उस जमाने की जिंदगी से जुड़े विभिन्न विषयों पर प्रश्न पूछता था और उसे हर बार तत्पर जवाब मिलते थे।

लोमड़ियों का शिकार, पॉसम के रात्रि भोज, हो डाडन नृत्य और आमोद-प्रमोद हब्शियों के घरों में, प्लांटेशन हाउस के हॉल में होने वाली दावतें, जब निमंत्रण पचास-पचास मील तक भेजे जाते थे। पड़ोस के महानुभावों से कभी-कभार के झगड़े, किटी चामर्स को लेकर रैथबोन कल्बर्टसन के साथ मेजर की लड़ाई और बाद में किसी चामर्स का दक्षिण कैरलाइना के किसी थ्वेट से शादी कर लेना, शानदार रकम के लिए मोबील की खाड़ी में निजी नौका दौड़े, विचित्र विश्वास, अंधाधुंध आदतें और वफादारी के गुण पुराने गुलामों के—ये तमाम विषय थे, जिनमें मेजर और हारग्रेव्स दोनों ही एक बार में घंटों खोए रहते थे।

कभी-कभी रात में, जब युवा हारग्रेव्स थिएटर में अपनी बारी पूरी करने के बाद सीढ़ियाँ चढ़कर अपने कमरे की ओर आ रहा होता तो, मेजर अपने लिखने-पढ़ने के कमरे से बाहर आते और झुकते हुए उसे इशारा करके बुलाते थे। अंदर जाने पर हारग्रेव्स को एक छोटी मेज सजी मिलती, जिस पर एक विशेष बोतल (डिकैंटर), चीनी (रखने) का पात्र, फल और ताजा हरे पुदीने का एक बड़ा गुच्छा रखा होता।

''मेरे मन में आया,'' हमेशा औपचारिक अंदाज में सबकुछ करने वाले मेजर टॉलबट कहना शुरू करते, ''शायद तुम्हें तुम्हारे काम की जगह में, तुम्हारा काम इतना मशक्कत वाला लगा होगा कि तुम उसका मजा ले सको, जो कवि के मन में उस समय रहा होगा, जब उसने यह लिखा कि यह 'थकी प्रकृति को मधुर फिर से स्फूर्ति से भर देने वाला मधुर पेय' है—यानी एक दक्षिणी जूलिप।''

हारग्रेव्स उन्हें जूलिप बनाते देख सम्मोहित हो जाता था। जब उन्होंने इसकी शुरुआत की थी तो वह कलाकारों की श्रेणी में आ गए थे और उन्होंने इस प्रक्रिया को कभी बदला नहीं। कितनी नजाकत से वह पुदीने को कुचलते, कितनी कुशलता से वह उसमें पड़ने वाली सामग्री का हिसाब रखते, कितनी सतर्कता से वह गहरी हरी झालर में चमकते सिंदूरी फल वाले मिश्रण को ढाँपते और फिर वह सत्कार व सौम्यता, जिसके साथ वह इसे चुने हुए जई के स्ट्रॉ को इसकी खनखनाती गहराइयों में डुबो देने के बाद पेश करते!

वाशिंगटन में लगभग चार महीने रह लेने के बाद एक सुबह मिस लीडिया को पता चला कि उनका पैसा लगभग बीत चुका था। 'एनेक्डोट्स ऐंड एमिनिसेंसेस' पूरी हो गई थी, लेकिन प्रकाशकों ने एलबैमा की सूझबूझ और चतुर टिप्पणियों के संकलित रत्नों को हाथोहाथ नहीं लिया था। मोबील में अभी भी जो उनका एक छोटा सा मकान था, उसका दो महीनों का किराया अभी बाकी था। इस महीने का खाने का पैसा उन पर तीन दिनों में चढ़ जाने वाला था। मिस लीडिया ने सलाह-मशविरा के लिए अपने पिता को बुलाया।

''एक भी पैसा नहीं बचा?'' उन्होंने चकित होते हुए कहा, ''इतना गुस्सा

आता है जब इतनी छोटी-छोटी रकम के लिए बुलाया जाता है। सच में, मैं''

मेजर ने अपनी जेंबें टटोलीं। उन्हें बस दो डॉलर का एक नोट मिला, जो उन्होंने वापस अपनी छाती की जेब में रख लिया।

''मुझे इस बारे में तुरंत कुछ करना होगा, लीडिया,'' उन्होंने कहा, ''मेहरबानी करके मेरा छाता तो देना, मैं तुरंत शहर में जाऊँगा। हमारे जिले के कांग्रेस सदस्य जनरल फुलगम ने मुझे कुछ दिन पहले यह आश्वासन दिया था कि वह अपने प्रभाव का इस्तेमाल करके मेरी किताब को जल्दी छपवा देंगे। मैं फौरन उनके होटल जाऊँगा और देखूँगा कि क्या इंतजाम हुआ है।''

मिस लीडिया एक उदास मुसकान लिये अपने पिता को उनका 'फादर हबर्ड' को बंद करते देखती रही, और फिर वह वहाँ से चल दिए, हमेशा की तरह उन्होंने दरवाजे पर ठिठकर झुकते हुए विदाई ली।

उस शाम वह अँधेरा होने पर लौटे। ऐसा लगता था कि कांग्रेस सदस्य फुलगम उस प्रकाशक से मिले थे, जिसके पास मेजर की पांडुलिपि पढ़ने के लिए रखी थी। उस व्यक्ति ने कहा था कि अगर घटना वगैरह को लगभग आधा छाँट दिया जाए, जिससे कि किताब में आद्योपांत भरे वर्गीय पूर्वग्रह को समाप्त किया जा सके तो वह इसे छापने पर विचार कर सकता है।

मेजर बेहद गुस्से में थे, लेकिन उन्होंने अपनी शिष्टाचार संहिता के अनुसार मिस लीडिया की मौजूदगी में आते ही, अपने आपको फिर से सामान्य कर लिया।

''हमें पैसा चाहिए ही,'' मिस लीडिया ने कहा, उसकी नाक के ऊपर हलकी सी शिकन थी। ''मुझे वे दो डॉलर दीजिए, मैं आज रात अंकल रैल्फ को कुछ पैसों के लिए तार करूँगी।''

मेजर ने अपनी ऊपरी जेब से एक छोटा सा लिफाफा निकाला और मेज पर पटक दिया।

''शायद यह थोड़ी मूर्खता हो गई,'' उन्होंने हलके से कहा, ''लेकिन रकम इतनी मामूली सी है कि मैं आज रात के थिएटर के टिकट ले आया। यह एक नया नाटक है युद्ध पर, लीडिया। मैंने सोचा वाशिंगटन में इसकी पहली प्रस्तुति

देखकर तुम्हें खुशी होगी। मैंने सुना है कि नाटक में दक्षिण की बहुत अच्छी तसवीर पेश की गई है। मैं मानता हूँ, मैं खुद इसे देखना चाहूँगा।''

मिस लीडिया ने खामोश निराशा में अपने हाथ खड़े कर दिए।

फिर भी जब टिकट खरीद ही लिये गए थे तो उनका इस्तेमाल भी हो सकता था। इसलिए उस शाम जब वे थिएटर में बैठे सजीव संगीत को सुन रहे थे तो मिस लीडिया ने भी अपनी परेशानियों को उतनी देर के लिए पीछे छोड़ दिया। मेजर बेदाग कपड़े पहने थे, उनका असाधारण कोट केवल वहाँ दिखाई दे रहा था जहाँ इसके बटन कसकर बंद थे। उनके सफेद बाल सलीके से सँवारे हुए थे, वह सचमुच अच्छे और विशिष्ट दिखाई दे रहे थे। 'ए मैगनोलिया फ्लॉवर' के पहले अंक के लिए परदा उठा और एक आम दक्षिणी बागान का दृश्य सामने आया। मेजर टॉलबट में कुछ दिलचस्पी जागती दिखी।

''अरे, देखिए!'' मिस लीडिया ने उन्हें टोकते हुए चौंककर कहा और अपने हाथ में लगे कार्यक्रम की ओर इशारा किया।

मेजर ने अपना चश्मा लगाया और पात्रों के नाम वाली पंक्ति में उस नाम को पढ़ा, जिस पर लीडिया की उँगली रखी थी।

कर्नल वेबस्टर कैलहून...एच. हॉपकिंस हारग्रेव्स।

''अरे, यह तो हमारा हारग्रेव्स है'' मिस लीडिया ने कहा, ''वह जिसे 'वेध' कहता है, उसमें यह उसकी पहली भूमिका होगी। मुझे उसके लिए बहुत खुशी है।''

दूसरे अंक में जाकर कर्नल वेबस्टर कैलहून का मंच पर पदार्पण हुआ। उसके आते ही मेजर टॉलबट की नाक से एक जोर की साँस खींचने की आवाज निकली, उन्होंने कर्नल के किरदार को घूरकर देखा और जैसे वह जड़ हो गए। मिस लीडिया के मुँह से एक अस्पष्ट सी आवाज निकली, उसने अपने हाथ में लगे कार्यक्रम का भुरता बना दिया। क्योंकि कर्नल कैलहून हूबहू मेजर टॉलबट की तरह था, जैसे मटर का एक दाना दूसरे की तरह होता है। लंबे, पतले, सफेद, सिरे पर घुँघराले बाल, कुलीनों की तोते जैसी नाक, सिकुड़नदार चौड़ा कमीज

का अगला हिस्सा, पतली टाई, जिसकी बो एक कान के पास थी, ये सब हूबहू नकल किए गए थे। और फिर, इस नकल को पूरा करने के लिए वह मेजर के अद्वितीय माने जाने वाले कोट जैसा ही कोट पहने हुआ था। ऊँचे कॉलर वाला, फूला हुआ, छोटी कमरवाला, खूब घेरवाला, पीछे के मुकाबले सामने से एक फुट अधिक लटकने वाला, यह कोट और किसी नमूने से बन ही नहीं सकता था। उसके बाद से तो मेजर और मिस लीडिया वहाँ सम्मोहत से बैठे रहे और एक अभिमानी टॉलबट को एक नकली प्रस्तुति में, जैसाकि मेजर ने बाद में कहा, ''एक भ्रष्ट मंच निंदक दलदल में घसीटा गया।''

मि. हारग्रेव्स ने अपने अवसरों का अच्छा उपयोग किया था। उसने मेजर की बोली, उनके लहजे और उच्चारण और उनकी आडंबरी शिष्टता की छोटी-छोटी विशिष्टताओं को हूबहू उतार दिया था—और मंच की खातिर उन सबको बढ़ा-चढ़ाकर पेश किया था। जब उसने झुककर वह अद्भुत अभिवादन किया, जिसे मेजर बड़े चाव से सभी अभिवादनों में श्रेष्ठ समझते थे, तो दर्शकों की ओर से अचानक तालियों की गड़गड़ाहट गूँज उठी।

मिस लीडिया निश्चेष्ट बैठी थी, अपने पिता की ओर देखने की उसकी हिम्मत नहीं हो रही थी। कभी-कभी उनके पास रखे अपने हाथ को वह अपने गाल पर रख लेती थी, मानो उस मुसकराहट को छिपाने की कोशिश कर रही हो, जिसे वह अपनी असहमति के बावजूद वह पूरा दबा नहीं पा रही थी।

हारग्रेव्स की धृष्टतापूर्ण नकल की पराकाष्ठा तीसरे अंक में हुई। इस दृश्य में कर्नल कैलहून कुछ पड़ोसी बागान वालों का स्वागत-सत्कार अपने ठिकाने पर करता है।

वह मंच के बीचोबीच एक मेज के पास खड़ा होता है, उसके दोस्त उसके आस-पास जमा हैं, वह 'ए मैगनोलिया फ्लॉवर' का बहुत मशहूर ऊल-जलूल एकल संवाद बोलता है, जिसकी नकल असंभव है, साथ ही वह अपनी पार्टी के लिए जूलिप भी बनाता जाता है।

मेजर टॉलबट ने चुपचाप बैठे हुए, लेकिन आक्रोश में उबलते हुए अपनी

सबसे उत्कृष्ट कहानियों को दोहराए जाते सुना और देखा कि किस तरह उनके प्रिय सिद्धांतों व शौकों को विस्तार दिया गया, आगे बढ़ाया गया, किस तरह 'एनेक्डोट्स ऐंड एमिनिसेंसेस' के सपने को बढ़ा-चढ़ाकर और विकृत करके परोसा गया। उनके प्रिय वर्णन—रैथबोन कल्बर्टसन के साथ उनकी लड़ाई—को भी छोड़ा नहीं गया, बल्कि और भी अधिक उत्तेजना, अहंकार और चाव के साथ पेश किया गया।

एकल संवाद जूलिप बनाने की कला पर एक विचित्र, मजेदार, चतुराई भरे भाषण के साथ समाप्त हुआ, जिसमें जूलिप बनाकर भी दिखाया गया। यहाँ मेजर टॉलबट के नाजुक लेकिन आडंबरपूर्ण विज्ञान को बड़ी बारीकी से प्रस्तुत किया गया—किसी नजाकत से खुशबूदार खर-पतवार को प्रयोग में लाया जाता है—"एक हजारवाँ हिस्सा भी अधिक दबाव लगा दिया, सज्जनो, तो आपके हाथ इस स्वर्गिक पौधे की खुशबू की जगह इसका कड़वापन ही आएगा।"

यह दृश्य समाप्त हुआ तो दर्शकों ने जबरदस्त वाह-वाह की। इस किरदार को इतने सटीक ढंग से और इतने विश्वास और विशिष्ट अंदाज में निभाया गया था कि नाटक के मुख्य पात्रों को भी लोग भूल गए। बार-बार बुलाने पर हारग्रेव्स परदे के आगे आया और उसने झुककर अभिवादन किया। उसका बालकों सा चेहरा कामयाबी की जानकारी से चमक रहा था, लाल हो रहा था।

आखिर मिस लीडिया ने घूमकर मेजर को देखा। उनके पतले नथुने किसी मछली के गलफड़ों की तरह फूल-पिचक रहे थे। उन्होंने वहाँ से उठने के लिए अपने दोनों काँपते हाथ अपनी कुरसी के हत्थों पर रखे।

"हम चलेंगे, लीडिया," उन्होंने भर्राई आवाज में कहा, "यह एक घिनौनी, नापाक हरकत है।"

इससे पहले कि वह उठ पाते, लीडिया ने उन्हें वापस कुरसी पर बैठा दिया।

"हम सबके जाने तक रुकेंगे," उसने कहा। "क्या आप असली कोट दिखाकर नकल का विज्ञापन करना चाहते हैं?" और इस तरह वे आखिर तक वहाँ रुके।

हारग्रेव अपनी कामयाबी की वजह से ही रात देर तक सो नहीं पाया होगा, क्योंकि वह न तो नाश्ते पर दिखाई दिया और न ही डिनर पर।

तीसरे पहर लगभग तीन बजे उसने मेजर टॉलबट के लिखने-पढ़ने के कमरे का दरवाजा खटखटाया। मेजर ने दरवाजा खोला और हारग्रेव्स अंदर आ गया। उसके हाथ सुबह के अखबारों से भरे थे—वह अपनी जीत के एहसास से इतना भरा हुआ था कि उसे मेजर के व्यवहार में कुछ भी असामान्य दिखाई नहीं दिया।

"पिछली रात मैं छा गया, मेजर," उसने आनंदातिरेक में कहना शुरू किया! "मुझे खेलने का मौका मिला और मैं सोचता हूँ मैंने बढ़िया प्रदर्शन किया। देखिए, पोस्ट क्या कहता है :

"पुराने जमाने के दक्षिणवासी कर्नल के अनर्गल बाह्याडंबर, उनके सनकी वेश, उनके विचित्र मुहावरों और जुमलों, उनके जर्जर हो चुके पारिवारिक अभिमान, और उनके सचमुच दयालु हृदय, उनका तुनकमिजाज, सम्मान-बोध और प्यारी सादगी को उन्होंने जिस प्रकार सोचा और अभिनीत किया है, वह आज के चरित्र भूमिका की सर्वश्रेष्ठ प्रस्तुति है। कर्नल कैलहून ने जो कोट पहना, वह अपने आपमें विलक्षण प्रतिभा के उभार से कतई कम नहीं है। मि. हारग्रेव्स ने अपने दर्शकों को जीत लिया है।

"कैसा, लगता है यह, मेजर, पहली रात के अभिनय करने वाले के हिसाब से?"

"मुझे सम्मान प्राप्त हुआ था," मेजर की आवाज ठंडी थी—"कल रात आपके अत्यंत उल्लेखनीय प्रदर्शन को देखने का, श्रीमानजी।"

हारग्रेव्स उलझन में पड़ गया। वह व्याकुल दिखाई दे रहा था।

"आप वहाँ थे? मुझे नहीं पता था कि आप थिएटर का शौक रखते हैं। ओह, मेजर टॉलबट," उसने साफ-साफ कहा, "आप नाराज न हों। मैं मानता हूँ कि मुझे आप से बहुत कुछ ऐसी मिला, जिससे मैं उस भूमिका को इतने बढ़िया तरीके से निभा सका। लेकिन आप जानते हैं, यह तो बस एक नक्ल है, व्यक्ति

नहीं। जिस तरह से दर्शकों ने इसे लिया, उससे यही पता चलता है। उस थिएटर के आधे नियमित दर्शक दक्षिणवासी हैं। उन्होंने इसे स्वीकार किया।''

''मि. हारग्रेव्स,'' मेजर ने कहा, ''जो तब से खड़े ही हुए थे, तुमने मेरा अक्षम्य अपमान किया है। तुमने एक व्यक्ति के रूप में मेरा मजाक उड़ाया है, मेरे साथ जबरदस्त विश्वासघात किया है और मेरे सत्कार का दुरुपयोग किया है। अगर मैं सोचता कि तुम्हें तनिक भी यह पता है कि सज्जनता क्या होती है या क्या होनी चाहिए, तो मैं तुम्हें ललकारता, श्रीमानजी! क्योंकि मैं बूढ़ा हूँ, मैं तुमसे कहूँगा कि इस कमरे से निकल जाओ।''

हारग्रेव्स थोड़ा हैरान सा दिखा, जैसे बुजुर्ग सज्जन की बातों का पूरा मतलब वह समझ नहीं पाया।

''मुझे सचमुच अफसोस है कि आप नाराज हो गए,'' उसने खेद प्रकट करते हुए कहा, ''यहाँ हम चीजों को उस तरह से नहीं देखते जैसे आप लोग देखते हैं। मैं ऐसे लोगों को जानता हूँ जो मंच पर अपने किरदार को देखने के लिए आधा थिएटर खरीद लेते हैं, ताकि दर्शक उसे पहचानें।''

''वे एलबैमा से नहीं हैं, श्रीमानजी।'' मेजर ने रूखेपन से कहा।

''शायद नहीं। मेरी याददाश्त बहुत अच्छी है, मेजर! मैं आपकी किताब की कुछ पंक्तियाँ यहाँ सुनाना चाहूँगा। जहाँ तक मुझे याद है, मिलेजविल में हुई एक दावत में स्वागत के जवाब में आपने ये शब्द कहे थे, जिन्हें छापने का आप इरादा रखते हैं :

''उत्तरवासियों में कोई भावनात्मकता या गरमजोशी नहीं होती, सिवाय इसके कि भावनाओं को उसके अपने ही व्यावसायिक मुनाफे के लिए प्रयोग किया जा सके। वह बिना गुस्सा हुए अपने या अपने प्रियजनों के किसी भी अपमान को सहन कर लेगा, अगर उससे उसको पैसों का कोई नुकसान न होता हो। दान वह उदारता से देता है, किंतु इसका ऐलान बाजे-गाजे के साथ होना चाहिए और उसे पट्टिका पर लिखा जाना चाहिए।

''आप क्या सोचते हैं, कल रात अपने कर्नल कैलहून की जो तसवीर देखी

थी, उसके मुकाबले यह तसवीर अधिक उज्ज्वल है?''

''यह वर्णन,'' मेजर ने त्यौरियाँ चढ़ाते हुए कहा, ''निराधार नहीं है। सार्वजनिक भाषण में कुछ अति-कुछ छूट तो होनी ही चाहिए।''

''और सार्वजनिक अभिनय में?'' हारग्रेव्स ने जवाब दिया।

''बात यह नहीं है,'' मेजर अपनी बात से पीछे हटने को तैयार नहीं थे। ''यह एक व्यक्ति का व्यंग्य-चित्र था। मैं इसे नजरअंदाज नहीं कर सकता, श्रीमानजी।''

''मेजर टॉलबट,'' हारग्रेव्स ने दिल जीतने वाली मुसकान बिखेरते हुए कहा, ''काश! आप मुझे समझ पाते। मैं आपको बताना चाहता हूँ कि मैंने कभी सपने में भी आपका अपमान करने की नहीं सोची। मेरे पेशे में पूरा जीवन मेरा है। मैं जो चाहता हूँ और जो ले सकता हूँ, वह लेता हूँ, और उसे मंच पर लौटा देता हूँ। अब अगर आप चाहते हैं तो हम इसे ऐसे ही छोड़ देते हैं। हम कुछ महीने बहुत अच्छे दोस्त रहे हैं, और मैं एक बार फिर आपको नाराज करने का जोखिम उठा रहा हूँ। मैं जानता हूँ, आपको पैसों की तंगी है—परेशान मत होइए कि मुझे कैसे पता चला, बोर्डिंग हाउस जैसी जगह में इस तरह की बातें छिपी नहीं रहतीं—और मैं चाहता हूँ कि मैं आपको इस परेशानी से निकलूँ। मैं भी बहुत बार ऐसे हालात में रहा हूँ। इस पूरे मौसम में मुझे अच्छा पैसा मिला है, और मैंने कुछ पैसा बचाया है। आप खुशी से दो सौ या उससे ज्यादा भी ले सकते हैं, जब तक कि आपको—''

''रुक जाओ!'' मेजर ने अपना हाथ बढ़ाकर कहा, ''लगता है, मेरी किताब में ठीक ही लिखा है। तुम सोचते हो कि तुम्हारे पैसे से सम्मान के सारे घाव ठीक हो जाएँगे। मैं कैसे भी हालात में किसी मामूली जान-पहचान वाले से कर्ज नहीं ले सकता, और जहाँ तक तुम्हारी बात है, तो हमने अभी जिन हालात पर बातचीत की है उनके एवज में पैसे लेने के तुम्हारे अपमानजनक प्रस्ताव पर विचार करने से पहले मैं भूखा मर जाना पसंद करूँगा। मैं अपने इस अनुरोध को दोहराता हूँ कि यहाँ से चले जाओ।''

हारग्रेव्स ने फिर कुछ भी नहीं कहा और वहाँ से चला गया। जैसाकि मिसिज वार्डमैन ने खाने की मेज पर बताया, वह उसी दिन बोर्डिंग हाउस छोड़कर शहर के उस थिएटर के पास रहने चला गया, जहाँ 'मैगनोलिया फ्लॉवर' की एक हफ्ते की बुकिंग थी।

मेजर टॉलबट और मिस लीडिया की हालत चिंताजनक थी। वाशिंगटन में ऐसा कोई नहीं था, जिससे मेजर टॉलबट अपना सम्मान बचाते हुए कर्ज की माँग कर सकते। मिस लीडिया ने अंकल रैल्फ को चिट्ठी लिखी भी थी, लेकिन इस रिश्तेदार के हालात देखते हुए यह पक्का नहीं था कि वह कोई मदद कर पाएँगे। मेजर को विवश होकर मिसिज वार्डमैन से पैसा देने में हो रही देरी के लिए क्षमा याचना करनी पड़ी, जिसमें उन्होंने थोड़ा उलझते हुए 'किराया न मिलने' और 'पैसा मिलने में देरी होने' की बात कही।

इस विपदा से मुक्ति उन्हें एक अप्रत्याशित स्रोत से मिली।

एक दिन तीसरा पहर चढ़ जाने पर दरवाजे पर रहने वाली सेविका ने ऊपर आकर बताया कि एक बुजुर्ग हब्शी मेजर टॉलबट से मिलना चाहता है। मेजर ने कहा कि उसे उनके लिखने-पढ़ने के कमरे में भेज दिया जाए। फौरन ही एक बूढ़ा अश्वेत उनके दरवाजे पर हाजिर हो गया, उसका हैट उसके हाथ में था, उसने एक पैर से खुजाते हुए सिर झुकाकर अभिवादन किया। वह करीने से काले रंग का एक फूला हुआ सूट पहने था। उसके बड़े खुरदरे जूते इस तरह चमक रहे थे कि उसपर पूरे पॉलिश का आभास होता था। उसके उलझे बाल लगभग सफेद थे। अधेड़ावस्था के बाद, किसी हब्शी की उम्र का अंदाजा लगाना मुश्किल होता है। इस हब्शी ने उतने ही वसंत देखे होंगे, जितने मेजर टॉलबट ने देखे थे।

''मैं जानता हूँ आप मुझे नहीं पहचानते, मास्टर पेंडलटन।'' उसके शब्द थे।

मेजर संबोधन की इस पुरानी, जानी-पहचानी शैली पर उठे और आगे आए। इसमें कोई संदेह नहीं था कि यह बागान वाले जमाने का कोई बूढ़ा हब्शी

था, लेकिन वे सब तो तितर-बितर होकर दूर-दूर चले गए थे, मेजर इस आवाज या चेहरे को पहचान नहीं पा रहे थे।

"मुझे नहीं लगता मैं पहचानता हूँ," उन्होंने सदयता से कहा, "जब तक तुम मुझे याद दिलाने में मदद नहीं करते।"

"क्या आपको सिंडी के मोस की याद नहीं है, मास्टर पेंडलटन, जो लड़ाई के फौरन बाद चला गया था?"

"जरा रुको," अपने माथे को अपनी उँगलियों के पोर से रगड़ते हुए मेजर ने कहा, "उन प्यारे दिनों से जुड़ी हर चीज को याद करना मेजर को बहुत अच्छा लगता था। "सिंडी का मोस," वह सोचने लगे, "तुम घोड़ों का काम करते थे, घोड़े फेरते थे। हाँ, अब मुझे याद आया। समर्पण के बाद तुमने—नहीं तुम मत बताओ—मिचेल नाम रख लिया था, और पश्चिम में नेब्रास्का में चले गए थे।"

"जी साब, जी साब," बुजुर्ग अश्वेत के चेहरे पर आनंद की मुसकान आ गई—"बिलकुल वही, बिलकुल ठीक! नेब्रास्का। वही हूँ मैं—मोस मिचेल। बुजुर्ग अंकल मोस मिचेल, यही कहकर बुलाते हैं अब वे मुझे। बुजुर्ग मालिक, आपके पापा ने मुझे खच्चरों का एक जोड़ा दिया था, जब मैं जा रहा था, ताकि उससे मैं शुरुआत कर सकूँ। आपको याद है उन खच्चरों की, मास्टर पेंडलटन?"

"नहीं मुझे तो याद नहीं आ रहा," मेजर ने कहा, "तुम तो जानते हो, लड़ाई के पहले साल में ही मेरी शादी हो गई थी और मैं फोलिंसबी में रह रहा था। लेकिन बैठ जाओ, बैठ जाओ, अंकल मोस। तुमसे मिलकर खुशी हुई। मैं उम्मीद करता हूँ, तुम खुशहाल हो गए होगे।"

अंकल मोस एक कुरसी पर बैठ गया और अपना हैट उसने सावधानी से उसकी बगल में फर्श पर रख दिया।

"जी साब, इधर मैं काफी मशहूर हो गया हूँ। जब मैं पहली बार न्यूब्रास्का गया था तो लोग उन खच्चरों को देखने के लिए मुझे घेरकर खड़े हो गए थे। न्यूब्रास्का में उन्होंने वैसे खच्चर ही नहीं देखे थे। मैंने उन्हें तीन सौ डॉलर में

बेच दिया। जी साब—तीन सौ में।

''फिर मैंने लोहार की दुकान खोल ली, साब, और थोड़ा पैसा कमाया और थोड़ी जमीन खरीद ली। मेरी औरत के सात बच्चे हुए, वे सब मजे में है, बस उनमें से दो मर गए। चार साल पहले मेरी जमीन के पास रेल की लाइन आई और एक बस्ती बन गई, और साब, मास्टर पेंडलटन, अंकल मोस के पास अब ग्यारह हजार डॉलर कीमत की नकदी, जायदाद और जमीन है।''

''यह सुनकर मुझे खुशी हुई,'' मेजर ने दिल से कहा, ''यह सुनकर खुशी हुई।''

''और आपकी वह नन्ही सी बिटिया, मास्टर पेंडलटन, जिसे आप मिस लिडी कहकर बुलाते थे, वह तो अब बहुत बड़ी हो गई होगी, पहचान में भी नहीं आएगी।''

मेजर ने दरवाजे पर जाकर आवाज दी, ''लीडिया बेटी, यहाँ आओगी ?''

मिस लीडिया अपने कमरे से आई, वह काफी बड़ी और थोड़ी चिंतित दिखाई दे रही थी।

''यह देखिए, क्या कहा था मैंने ? मैं जानता था वह बच्ची खूब बड़ी हो गई होगी। अंकल मोस की याद है, बिटिया ?''

''यह आंटी सिंडी के मोस हैं, लीडिया।'' मेजर ने बताया, ''तुम जब दो साल की थीं तभी वह सनीमीड से चले गए थे।''

''देखिए,'' लीडिया ने कहा, ''इतनी छोटी थी मैं तो मुझसे आप यह उम्मीद कैसे करते हैं कि मैं आपको याद रखूँगी। और जैसाकि आपने कहा, मैं खूब बड़ी हो गई हूँ, बहुत पहले नन्ही-मुन्नी थी। लेकिन आपसे मिलकर मुझे बहुत खुशी हुई, भले ही मैं आपको याद नहीं कर पा रही हूँ।''

यह सच था कि वह बहुत खुश थी, और मेजर भी। कोई तो जीता-जागता और मूर्त आया था उन्हें उनके सुखी अतीत से जोड़ने। तीनों बैठकर पुराने जमाने की बातें करते रहे, बागान के दिनों और दृश्यों की याद करते समय मेजर और अंकल मोस एक-दूसरे की गलती सुधारते या एक-दूसरे को टोकते जा रहे थे।

मेजर ने अंकल मोस से पूछा कि वह अपने घर से इतनी दूर क्या कर रहा था।

उसने बताया, ''अंकल मोस इस शहर में हो रहे शानदार बैपटिस्ट सम्मेलन में प्रतिनिधि बनकर आया है। मैंने कभी धर्म का उपदेश तो नहीं दिया, लेकिन मैं अपने चर्च में सयाना था और अपना खर्च उठा सकता था, इसलिए उन्होंने मुझे भेज दिया।''

''और आपको यह कैसे पता चला कि हम वाशिंगटन में हैं ?'' मिस लीडिया ने पूछा।

''जिस होटल में मैं ठहरा हूँ, वहाँ एक हब्शी काम करता है, जो मोबील का रहनेवाला है। उसने मुझे बताया कि उसने मास्टर पेंडलटन को यहाँ इस बोर्डिंग हाउस के एक दिन सुबह के समय निकलते देखा था।''

''मैं यहाँ जिस वजह से आया हूँ,'' अंकल मोस ने अपनी जेब में हाथ डालते हुए कहा, ''वह यह है कि मैं अपने यहाँ के लोगों से मिलना तो चाहता ही था, लेकिन मुझे मास्टर पेंडलटन का कर्ज उतारना था।''

''मेरा कर्ज ?'' मेजर ने चकित होते हुए कहा।

''जी साब—तीन सौ डॉलर।'' उसने मेजर को नोटों का एक बंडल पकड़ा दिया, ''जब मैं वहाँ से चला था तो बड़े मालिक ने कहा था : उन खच्चरों को ले जाओ, मोस, और अगर कभी इस लायक हो जाओ तो इनके पैसे दे देना। हाँ साबजी—यही कहा था उन्होंने। लड़ाई में बड़े मालिक खुद मुहताज हो गए थे। अब बड़े मालिक तो बहुत पहले गए, इसलिए मैं मास्टर पेंडलटन का कर्जदार हो गया। तीन सौ डॉलर का कर्जदार। अंकल मोस अब इस लायक है कि पैसे दे सकता है। जब रेलवालों ने मेरी जमीन खरीदी, तभी मैंने उन खच्चरों के पैसे अलग रख दिए थे। गिन लीजिए, मास्टर पेंडलटन। मैंने उन खच्चरों को इसीलिए बेचा था, हाँ साबजी।''

मेजर टॉलबट की आँखों में आँसू आ गए। उन्होंने अंकल मोस का हाथ पकड़ लिया और दूसरा हाथ उसके कंधे पर रख दिया।

''मेरे वफादार, बुर्जु खिदमतगर,'' उन्होंने काँपती आवाज में कहा, ''मुझे तुमसे यह कहने में कोई हर्ज नहीं है कि 'मास्टर' पेंडलटन दुनिया में अपना आखिरी डॉलर एक हफ्ते पहले खर्च कर चुके हैं। हम यह पैसा लेंगे, अंकल मोस, क्योंकि एक तरह से यह पुरानी हुकूमत की वफादारी और खिंदमत का भुगतान, उसकी निशानी है। लीडिया, मेरी बच्ची, ये पैसे ले लो। इसे कैसे खर्च करना है, यह मेरे बनिस्बत तुम ज्यादा अच्छी तरह से जानती हो।''

''ले लो, बिटिया,'' अंकल मोस ने कहा, ''यह पैसा तुम्हारा ही है। यह टॉलबट का पैसा है।''

अंकल मोस के जाने के बाद मिस लीडिया खूब रोई—खुशी के मारे, और मेज़र ने अपना मुँह एक कोने की तरफ घुमा लिया और धुआँधार अपना पाइप पीने लगे।

आने वाले दिनों में टॉलबट पिता-पुत्री का अमन-चैन लौट आया। मिस लीडिया के चेहरे पर से चिंता गायब हो गई। मेजर एक नए फ्रॉक कोट में दिखाई देने लगे, जिसमें वह अपने सुनहरे दौर की याद की मोमी छवि नजर आते थे। एक और प्रकाशक ने 'एनेक्डोट्स ऐंड एमिनिसेंसेस' की पांडुलिपि पढ़ी थी, उसका सोचना यह था कि थोड़ा इधर-उधर बदलाव करके और कुछ अंशों को हलका करके वह इसे सचमुच बढ़िया और बिकने लायक किताब बना सकता था। कुल मिलाकर स्थिति सुविधाजनक थी, और उसमें आशा के स्पर्श का अभाव भी नहीं था, जो अकसर आ चुकी आशीषों से अधिक मधुर होता है।

एक दिन उनका भाग्य जागने के लगभग एक सप्ताह बाद एक सेविका मिस लीडिया के लिए एक पत्र लेकर उसके कमरे में आई। डाकखाने की मोहर से पता चलता था कि यह न्यूयॉर्क से आया था। वह वहाँ किसी को नहीं जानती थी, उसे थोड़ा आश्चर्य हुआ, वह अपनी मेज के पास बैठ गई और पत्र को उसने अपनी कैंची से खोल लिया। जो उसने पढ़ा, वह इस तरह था—

''प्रिय मिस टॉलबट,

मुझे लगा आप मेरी खुशनसीबी के बारे में जानकर खुश होंगी। मुझे 'ए

मैगनोलिया फ्लॉवर' में कर्नल कैलहून की भूमिका निभाने के लिए न्यूयॉर्क की एक स्टॉक कंपनी से हर सप्ताह दो सौ डॉलर का प्रस्ताव मिला है और मैंने उसे स्वीकार भी कर लिया है।

"मैं आपको कुछ और भी बताना चाहता हूँ। अच्छा होगा आप इस बारे में मेजर टॉलबट को न बताएँ। उन्होंने इस किरदार का अध्ययन करने में जो मेरी मदद की, और इसे लेकर उनका जो मूड खराब हुआ, उसके लिए उनकी भरपाई कुछ करने को मैं बहुत चिंतित था। उन्होंने तो मुझे ऐसा करने नहीं दिया, इसलिए मैंने अपने तरीके से इसे कर लिया। मुझे तीन सौ बचाने में कोई परेशानी नहीं हुई।"

आपका भवनिष्ठ

एच. हॉपकिंस हारग्रेव्स।

पुनश्च: मेरी अंकल मोस की भूमिका कैसी रही?

वहाँ से निकलते हुए मेजर टॉलबट ने मिस लीडिया का दरवाजा खुला देखा और वह रुक गए।

"आज सुबह हमारी कोई डाक आई क्या, लीडिया बेटी?" उन्होंने पूछा।

मिस लीडिया ने उस पत्र को अपनी पोशाक की तह में छिपा लिया।

"मोबील क्रॉनिकल आया था," उसने तुरंत कहा, "आपके कमरे में मेज पर रखा है।"

□

पावरोटी

मिस मार्था मीचैम नुक्कड़ पर छोटी सी बेकरी चलाती थीं (वही बेकरी जहाँ आप तीन सीढ़ियाँ चढ़ते हैं, और जब आप दरवाजा खोलते हैं तो घंटी बज उठती है)।

मिस मार्था चालीस की थीं, उनके बैंक खाते में दो हजार डॉलर दर्ज थे, उनके मुँह में दो नकली दाँत थे और सीने में एक हमदर्दी भरा दिल था। ऐसे कई लोगों की शादी हो गई है, जिनके पास इसके मौके मिस मार्था के मुकाबले बहुत क्षीण थे।

सप्ताह में दो या तीन बार उनके पास एक ग्राहक आता था, जिसमें वह दिलचस्पी लेने लगी थीं। वह एक अधेड़ आदमी था, जो नजर का चश्मा पहनता था और जिसकी कत्थई दाढ़ी थी, जो करीने से छँटी हुई थी।

वह ठेठ जर्मन लहजे में अंग्रेजी बोलता था। उसके कपड़े जगह-जगह घिस गए थे, जो रफू किए गए थे। और कहीं-कहीं उन पर सिलवटें थीं और झोल थे। लेकिन वह दिखता साफ-सथुरा था और बहुत तमीज वाला था।

वह हमेशा दो बासी पावरोटियाँ खरीदता था। ताजी रोटी पाँच सेंट की एक थी। बासी पाँच सेंट की दो मिल जाती थीं। बासी रोटी के अलावा वह और कुछ लेने कभी नहीं आया।

एक बार मिस मार्था ने उसकी उँगलियों पर एक लाल और कत्थई धब्बा देखा। तब मिस मार्था को पक्का हो गया कि वह एक कलाकार था

और बहुत गरीब था। बेशक वह दुछत्ती पर रहता था, जहाँ वह तसवीरें रँगता था और बासी रोटी खाता था। मिस मार्था की बेकरी में खाने की अच्छी-अच्छी चीजों के बारे में सोचता था।

अकसर जब मिस मार्था चॉप्स और रोल्स और जैम खाने और चाय पीने बैठतीं तो वह नि:श्वास भरकर यह कामना करतीं कि काश वह तमीजदार कलाकार उस सूखी दुछत्ती में अपनी सूखी पपड़ी खाने के बजाय उसके साथ स्वादिष्ट खाना खाता।

जैसाकि हम आपको बता चुके हैं, मिस मार्था के सीने में एक हमदर्दी भरा दिल था।

उस आदमी के व्यवसाय के बारे में अपने अनुमान को जाँचने के लिए वह अपने कमरे से एक पेटिंग उठा लाईं, जो उन्होंने एक सेल में खरीदी थी, और उसे ब्रेड काउंटर के पीछे खानों से टिकाकर रख दिया।

यह वेनिस का एक दृश्य था। संगमरमर का एक शानदार महल (तसवीर में यही लिखा था) अग्रभूमि में या यों कहिए कि अग्रजल में स्थित था। शेष स्थान में नौकाएँ थीं (महिला अपना हाथ पानी में डाले थी), बादल थे, आसमान था और बहुतायत में छाया-प्रकाश की प्रस्तुति थी। ऐसा नहीं हो सकता था कि किसी कलाकार का ध्यान इस पर न जाए।

दो दिन बाद वह ग्राहक आया।

"मेहरबानी करके दो बासी पावरोटी।

"यह तो बहुत अच्छी तसवीर है, मादाम!" मिस मार्था जब रोटी लपेट रही थीं तो उसने कहा।

"हाँ?" मिस मार्था ने अपनी ही चालाकी पर खुश होते हुए कहा, "मुझे कला और (नहीं अभी इतनी जल्दी 'कलाकार' कहना ठीक हनीं रहेगा) पेटिंग बहुत अच्छे लगते हैं," उसने शब्द बदलते हुए कहा, "तुम सोचते हो यह एक अच्छी तसवीर है?"

"महल," ग्राहक ने कहा, "यह अच्छी नहीं बनी है। इसका परिप्रेक्ष्य

सही नहीं है। गुड मॉर्निंग, मादाम।''

उसने अपनी रोटी ली, सिर झुकाया और जल्दी से निकल गया।

हाँ, वह एक कलाकार ही होगा। मिस मार्था ने उस तसवीर को वापस अपने कमरे में पहुँचा दिया।

उसके चश्मे के पीछे से उसकी आँखें कितनी भद्रता, कितनी उदारता से चमक रही थीं! कितना चौड़ा माथा था उसका! एक ही नजर में परिप्रेक्ष्य को परख लेना—और बासी रोटी पर गुजारा करना! लेकिन प्रतिभा को अपनी पहचान बनाने के लिए अकसर संघर्ष करना होता है।

क्या बात होगी कला और परिप्रेक्ष्य के लिए अगर प्रतिभा को बैंक खाते के दो हजार डॉलर का, एक बेकरी का, और एक हमदर्दी भरे दिल का सहारा मिल जाए—लेकिन यह दिवास्वप्न था, मिस मार्था।

अब अकसर वह जब भी आता तो, वह शोकेस के उस पार से थोड़ी देर बतियाता जरूर था। लगता था उसे मिस मार्था की खुशगवार बातें सुनने की ललक हो गई थी।

वह बासी रोटी ही खरीदता रहा। उसने कभी केक या पाई या मिस मार्था के स्वादिष्ट सैली लन केक नहीं खरीदे।

मिस मार्था का सोचना था कि वह अब दुबला और हताश दिखने लगा था। उनका दिल दुखता था कि वह उसकी इस थोड़ी सी खरीद में खाने की कोई अच्छी चीज और जोड़ दे, लेकिन उनकी हिम्मत नहीं होती थी ऐसा करने की। उनकी हिम्मत नहीं होती थी उसके सम्मान को चोट पहुँचाने की। उन्हें कलाकारों के स्वाभिमान के बारे में पता था।

मिस मार्था अब काउंटर के पीछे नीली बिंदियों वाला रेशमी ब्लाउज पहनने लगीं। पीछे के कमरे में वह बीहीदाना और बोरैक्स का एक रहस्यमय मिश्रण पकातीं। कितने ही लोग इसका इस्तेमाल रंग साफ करने के लिए करते हैं।

एक दिन ग्राहक हमेशा की तरह वहाँ आया, उसने शोकेस पर अपना

सिक्का रखा और अपनी बासी पावरोटियाँ माँगीं। मिस मार्था पावरोटियाँ उठा ही रही थीं कि तभी जोर की पों-पों और टन-टन की आवाज आई, और एक फायर इंजन वहाँ से धड़धड़ाता हुआ निकला।

जैसा कि स्वाभाविक था, ग्राहक उसे देखने के लिए दरवाजे की तरफ झपटा। अचानक मिस मार्था को प्रेरणा हुई और उन्होंने इस मौके का फायदा उठा लिया।

काउंटर के पीछे सबसे नीचे के खाने में एक पौंड ताजा मक्खन रखा था, जो डेरीवाला अभी दस मिनट पहले ही देकर गया था। मिस मार्था ने डबलरोटी काटने वाली छुरी से दोनों बासी पावरोटियों में गहरा काटा और उसमें ढेर सारा मक्खन डाल दिया और उन्हें फिर से कसकर बंद कर दिया।

जब ग्राहक एक बार फिर मुड़ा तो, उस समय वह उन पर कागज बाँध रही थीं।

हमेशा से कुछ अधिक खुशगवार बातें करने के बाद, जब वह चला गया तो मिस मार्था मन-ही-मन मुसकराईं, लेकिन उनका दिल हलका सा धुकधुक जरूर कर रहा था।

क्या वह बहुत अधिक निडर हो गई थीं? क्या वह बुरा मानेगा? लेकिन वास्तव में नहीं। खाने की चीजों की कोई भाषा नहीं होती। मक्खन कोई गैर-स्त्रियोचित दिलेरी की निशानी नहीं था।

उस दिन काफी देर रात तक मिस मार्था के मन में वहीं विषय चलता रहा। उसने उस दृश्य की कल्पना की जब कलाकार ग्राहक को उसके इस छोटे से धोखे का पता चलेगा।

वह अपने बुरूश और रंग की तख्ती को रख देगा। उसके ईजल पर वह चित्र होगा, जिसे वह बना रहा था और जिसमें परिप्रेक्ष्य तो आलोचना से परे था।

वह सूखी रोटी और पानी के अपन दोपहर भोज के लिए तैयार होगा। वह एक पावरोटी को काटेगा—आह!

मिस मार्था शरमा गईं। क्या खाते समय वह उस हाथ के बारे में सोचेगा, जिसने यह मक्खन लगाया था? क्या वह—

तभी सामने के दरवाजे की घंटी बुरी तरह से घनघना उठी। कोई अंदर आ रहा था, जोर-जोर से बोलता हुआ।

मिस मार्था जल्दी से सामने की तरफ गईं। वहाँ दो आदमी थे। उनमें से एक युवक था, जो पाइप पी रहा था—जिसे मिस मार्था ने पहले कभी नहीं देखा था। दूसरा उसका वही कलाकार था।

उसका चेहरा बहुत लाल हो रहा था, उसका हैट उसके सिर के पीछे सरका हुआ था, उसके बाल बिखर रहे थे। वह अपनी दोनों मुट्ठियाँ भींचे हुए था और उन्हें भयंकर तरीके से गुस्से में मिस मार्था की तरफ लहरा रहा था।

''बेवकूफ!'' वह पूरी ताकत से चीखा, और फिर जर्मन में ही उसने ''ताउसेन दोन फर!'' जैसा कुछ कहा।

साथ के युवक ने उसे अलग ले जाने की कोशिश की।

''मैं नहीं जाऊँगा,'' वह गुस्से में बोला, ''मैं उसे बताऊँगा।''

मिस मार्था के काउंटर को उसने ढोल बना दिया।

''तुमने मुझे बरबाद कर दिया,'' वह चिल्लाया, उसकी नीली आँखें चश्मे के पीछे से आग उगल रही थीं। मैं तुम्हें बताऊँगा। दखलबाज बूढ़ी बिल्ली!''

मिस मार्था की ताकत जवाब दे गई, वह खानों से टिक कर खड़ी हो गईं और उन्होंने एक हाथ अपने नीली बिंदियों वाले रेशमी ब्लाउज पर रख लिया। उस युवक ने अपने साथी को गिरेबान से पकड़ लिया।

''चलो आओ,'' उसने कहा, ''तुमने बहुत बोल लिया।'' और वह गुस्से से साथी को घसीटते हुए दरवाजे से बाहर खड़ंजे पर ले गया और फिर वापस आया।

''आपको शायद पता होना चाहिए, मैम,'' उसने कहा, ''झगड़ा किस

बात का है। वह ब्लूमबर्गर है। वह एक ड्राफ्टमैन हैं। वह और मैं एक ही दफ्तर में काम करते हैं।

"वह तीन महीने से एक नए सिटी हॉल के लिए जी-जान से नक्शा बनाने में जुटा था। इस कंपटीशन में ईनाम मिलना था। उसने कल ही लाइनों में स्याही देने का काम पूरा किया था। आपको पता है, ड्रापटमैन अपनी ड्राइंग को पहले हमेशा पेंसिल से बनाता है। जब यह काम हो जाता है तो वह पेंसिल से बनाई लाइनों को मुट्ठी भर बासी रोटी के टुकड़ों से मिटाता है। रबर से यह ज्यादा अच्छा रहता है।

"ब्लूमबर्गर यहाँ से रोटी खरीद रहा था। आज—अब देखिए, मैम, वह मक्खन, मेरा मतलब है, ब्लूमबर्गर का वह नक्शा अब किसी काम का नहीं रह गया, सिवाय इसके कि उसे काटकर उसकी सैंडविच बना दी जाए।"

मिस मार्था पिछवाड़े के कमरे में चली गईं। उन्होंने नीली बिंदियों वाला रेशमीं ब्लाउज उतार फेंका और फिर से अपना वही पुराना कत्थई सर्ज पहन लिया। फिर उन्होंने बीहीदाना और बोरैक्स के मिश्रण को खिड़की से बाहर कूड़ेदान में पलट दिया।

□

प्यार की खातिर

जब कोई अपनी कला से प्यार करता है तो कोई भी सेवा बहुत मुश्किल नहीं दिखाई देती।

यह हमारी धारणा है। यह कहानी इससे एक निष्कर्ष निकालेगी, साथ ही यह स्पष्ट करेगी कि यह धारणा गलत है। तर्कशास्त्र में यह एक नई बात होगी और कहानी कहने के मामले में ऐसी उपलब्धि, जो विशाल चीन की दीवार से भी कुछ–कुछ पुरानी होगी।

जो लाराबी मध्य पश्चिम के फ्लैट्स से निकला था और उसमें चित्रकला की विलक्षण प्रतिभा लहक रही थी। छह बरस की उम्र में उसने टाऊन पंप का एक चित्र बनाया, जिसमें एक प्रमुख नागरिक तेजी से उसके पास से गुजर रहा था। उसका यह प्रयास फ्रेम होने के बाद एक दवा की दुकान पर बेतरतीब कतारों में लगी अनाज की बालों की बगल में खिड़की में टाँगा गया था। बीस बरस की उम्र में लहराती टाई और बहुत थोड़ी सी पूँजी लेकर वह न्यूयॉर्क चला आया।

डीलिया कारूदर्स दक्षिण के चीड़ वृक्षों के एक गाँव में संगीत के सुरों में इतना अच्छा कर रही थी कि उस होनहार के संबंधियों ने खपचियाँ जोड़कर बने उसके हैट में इतने पैसे जोड़ दिए कि वह 'उत्तर' में जाकर उसे संपन्न कर सके। वे उसे संपन्न करते नहीं देख सके, किंतु यह हमारी कहानी है।

जो और डीलिया की मुलाकात एक कार्यशाला में हुई, जहाँ कला और संगीत के कई अध्येता छाया-प्रकाश प्रभाव, वागनर, संगीत, रेंब्रांट के चित्र, वाल्टफेल, दीवारी कागज शॉपे और ऊलौंग पर चर्चा करने के लिए जुटे थे।

जो और डीलिया एक-दूसरे पर आसक्त हो गए और कुछ ही समय में विवाह-बंधन में बँध गए—क्योंकि (ऊपर देखिए), जब कोई अपनी कला से प्यार करता है तो कोई भी सेवा बहुत मुश्किल नहीं दिखाई देती।

मि. और मिसिज लाराबी ने एक फ्लैट में गृहस्थी शुरू की। यह एक एकाकी फ्लैट था—कुछ-कुछ की-बोर्ड के बाएँ छोर पर नीचे की ओर अंग्रेजी के अक्षर 'ए' की तरह। और वे खुश थे, क्योंकि उनके पास उनकी कला थी और उनके पास एक-दूसरे का साथ था। और मैं पैसे वाले युवक को यह सलाह देता—तुम्हारे पास जो कुछ है उसे बेच दो, और उसे गरीब केयरटेकर को—एक फ्लैट में अपनी कला और अपनी डीलिया के साथ रहने के लिए—दे दो।

फ्लैटवासी मेरी इस राय का समर्थन करेंगे कि केवल उनका सुख ही असली सुख है। अगर घर सुखी है तो यह बहुत तंग नहीं हो सकता—भले ही रसोई मेज सिमटकर बिलियर्ड की मेज बन जाए, मैंटल रोइंग मशीन बन जाए, लिखने-पढ़ने की खानेदार मेज एक अतिरिक्त शयनागर बन जाए; चिलमची स्टैंड एक खड़ा पियानो बन जाए, भले ही चार दीवारें चाहें तो एक पास आ जाएँ और तुम और तुम्हारी डीलिया उनके बीच आ जाएँ। किंतु यदि घर और किसी तरह का हो तो, वह चौड़ा और लंबा हो—गोल्डन गेट से घुसो, हैटरस पर अपना हैट टाँगों, केप हॉर्न पर अपना केप, और लेब्राडोर से बाहर निकल जाओ।

जो महान् मैजिस्टर की कक्षा में चित्रकला कर रहा था—आपको तो उसकी प्रसिद्धि का पता है। उसकी फीस तगड़ी है, उसके पाठ हलके हैं—उसकी हाईलाइट्स ने उसे मशहूर कर दिया है। डीलिया अपनी पढ़ाई रोजनस्टॉक के पास कर रही थी, आपको पता है उसकी प्रतिष्ठा पियानो के परदे को

छेड़ने वाले के रूप में कितनी अधिक है।

जब तक उनके पास पैसा रहा, वे बहुत खुश रहे। ऐसे ही हर लेकिन मैं निंदा नहीं करूँगा। उनके लक्ष्य बहुत स्पष्ट, बहुत निश्चित थे। जो बहुत जल्दी ऐसी तसवीरें बनाने योग्य हो जाने वाला था, जिन्हें खरीदने के लिए पतली गलमुच्छों और मोटे बटुओं वाले सज्जन उसके स्टूडियो में एक-दूसरे से झगड़ा करने वाले थे। डीलिया संगीत की जानकार और फिर उसकी अवमानना करने वाली होने जा रही थी, कि जब उसे ऑर्केस्ट्रा की सीटें और बॉक्स खाली दिखाई दें, उनके टिकट न बिकें, तो उसके गले में दर्द हो जाए और वह एक निजी भोजन कक्ष में जाकर झिंगा खाए तथा मंच पर जाने से मना कर दे।

किंतु मेरी राय में उस छोटे से फ्लैट का घरेलू जीवन सबसे अच्छा था, दिन भर की पढ़ाई के बाद वे उत्साही, चटकारेदार बातें, आराम से किए गए रात्रि भोज और ताजा, हलके नाश्ते, महत्त्वाकांक्षाओं का आपसी विनिमय—एक-दूसरे की आकांक्षाओं से जुड़ी महत्त्वाकांक्षाएँ या फिर अविचारणीय,आपसी मदद और आकांक्षा, और मेरी कलाहीनता को नजरअंदाज कर दें—रात ग्यारह बजे भरवाँ जैतून और पनीर।

लेकिन कुछ समय बाद कला मंद पड़ गई। ऐसा कभी-कभी हो जाता है, भले ही कोई स्विचमैन ऐसा न करे। जैसाकि अशिष्ट लोग कहते हैं, सबकुछ जा ही रहा था, आ कुछ नहीं रहा था। मि. मैजिस्टर और हेर रॉजेनस्टॉक की फीस देने के लिए पैसे की कमी हो रही थी। जब कोई अपनी कला से प्यार करता है तो कोई भी सेवा बहुत मुश्किल नहीं दिखाई देती। सो, डीलिया ने कहा, उसे अपनी संगीत की कक्षाएँ छोड़नी होंगी, ताकि खाना-पीना चलता रहे।

दो-तीन दिन वह ट्यूशन की तलाश में निकली। एक शाम वह बहुत प्रफुल्लित घर लौटी।

"जो, डियर," उसने चहकते हुए कहा, "मुझे एक ट्यूशन मिल गई

है। ओह, कितने प्यारे लोग हैं! जनरल-जनरल ए.बी. पिंकनी की बेटी है इकहत्तरवीं गली में। कैसा शानदार मकान है, जो तुम्हें सामने का दरवाजा देखना चाहिए। बाइजैंटीन—मैं सोचती हूँ तुम इसे यही बताओगे। अंदर! ओह जो, मैंने इससे पहले कभी ऐसा कुछ नहीं देखा।

''मेरी शिष्या उनकी बेटी क्लीमेंटिना है। मैं अभी से उसे इतना प्यार करने लगी हूँ। बड़ी प्यारी है—हमेशा सफेद कपड़ों में रहती है और कितनी प्यारी, कितनी सादगी वाली अदाएँ हैं। अभी अठारह की ही तो है। मुझे हफ्ते में तीन बार पढ़ाना है, जरा सोचो, जो! एक बार के पाँच डॉलर। मुझे इसमें कोई हर्ज नहीं है, क्योंकि जब मुझे दो या तीन ट्यूशन और मिल जाएँगी तो मैं हेर रॉजेनस्टॉक के पास अपनी पढ़ाई फिर से शुरू कर सकूँगी। अब अपने माथे की यह शिकन दूर करो, जानू! आओ बढ़िया सा खाना खाएँ।''

''तुम्हारे लिए तो यह बिलकुल ठीक है, डीली,'' मटर के डिब्बे को काटते हुए जो ने कहा, ''मगर मेरा क्या? तुम क्या सोचती हो कि मैं तुम्हें पैसा कमाने के लिए परेशान होने दूँगा और खुद श्रेष्ठ कला के क्षेत्र में गुलछर्रे उड़ाऊँगा? बेनबेनूतो सेलिनी की कसम, बिलकुल नहीं। मैं सोचता हूँ, मैं अखबार बेचकर या पत्थर बिछाकर एक-दो डॉलर तो ला ही सकता हूँ।''

डीलिया आकर उसकी गरदन में लटक गई।

''जो डियर, तुम बेवकूफ हो। तुम्हें अपनी पढ़ाई जारी रखनी चाहिए। ऐसा तो नहीं है कि मैंने अपना संगीत छोड़ दिया है और कुछ और काम करने चली गई हूँ। मैं सिखाऊँगी तो खुद सीखूँगी भी। मैं हमेशा अपने संगीत के साथ रहूँगी। और हफ्ते में पंद्रह डॉलर की कमाई पर तो हम किसी लखपत्नी की तरह सुख से रह सकते हैं। तुम मि. मैजिस्टर को छोड़ने का खयाल भी मत करना।''

''ठीक है,'' जो ने सब्जी की नीली लहरदार तश्तरी की तरफ हाथ बढ़ाते हुए कहा, ''लेकिन मुझे नफरत है इस बात से कि तुम पढ़ाओगी। यह

कला नहीं है। लेकिन तुम इसलिए यह कर रही हो कि वह एक अच्छी और प्यारी लड़की है।''

''जब कोई अपनी कला से प्यार करता है तो कोई भी सेवा बहुत मुश्किल नहीं दिखाई देती।''

''मैंने पार्क में वह जो स्केच बनाया था, मैजिस्टर उसकी तारीफ कर रहे थे,'' जो ने कहा, ''और टिंकल ने कहा है कि मैं उनमें से दो उसकी खिड़की पर टाँग सकता हूँ। अगर किसी पैसे वाले-सही मूर्ख की नजर उन पर पड़ गई तो मैं उनमें से एक को बेच सकता हूँ।''

''मुझे विश्वास है तुम बेच लोगे,'' डीलिया ने प्यार से कहा, ''और अब आओ हम जनरल पिंकनी और इस भुने मीट के लिए शुक्रिया कहें।''

अगले पूरे सप्ताह लाराबी दंपती ने सुबह जल्दी नाश्ता किया। जो भोर के प्रभाव वाले उन स्केचों को लेकर उत्साहित था, जो वह सेंट्रल पार्क में बना रहा था, और डीलिया उसे नाश्ता कराके, लाड़ दिखाकर, प्रशंसा करके और चुंबन के साथ सात बजे रवाना कर देती थी। कला एक व्यस्त रखने वाली मालकिन है। शाम को जब वह लौटता तो अधिकतर सात बज जाते थे।

सप्ताह के अंत में डीलिया ने प्यार से गर्व के साथ, किंतु थके हुए, विजयी भाव में फ्लैट की 8-10 (फीट) की बैठक की 8-10 इंच की सेंटर टेबल पर पाँच-पाँच डॉलर के तीन नोट उछाले।

''कभी-कभी,'' उसने कुछ थकान के साथ कहा, ''क्लीमेंटिना मेरा इम्तिहान ले लेती है। मुझे लगता है वह पर्याप्त अभ्यास नहीं करती, मुझे एक ही बात उसे बार-बार बतानी पड़ती है। फिर वह हमेशा पूरे-के-पूरे सफेद कपड़ों में ही रहती है, यह इतना नीरस हो जाता है। लेकिन जनरल पिंकनी बहुत अच्छे बुजुर्ग हैं। काश तुम उन्हें जान पाते, जो। कभी-कभी जब मैं क्लीमेंटिना को पियानो सिखा रही होती हूँ तो वह वहाँ आ जाते हैं—पता है, वह विधुर हैं। वहाँ खड़े होकर अपनी बकरा छाप दाढ़ी नोंचते रहते हैं।

सेमीक्वेवर्स और डेमी-सेमीक्वेवर्स कैसे चल रहे हैं ? यह वह हमेशा पूछते हैं।

"काश! तुम उस बैठक में दीवार पर लगी वह पैनलिंग देख पाते, जो! वे अस्त्राखान गलीचे। और क्लीमेंटिना कितने मजे में हलके से खाँसती है। मैं सोचती हूँ वह जैसी दिखती है उससे ज्यादा अच्छी है। ओह, मुझे सचमुच उससे लगाव होता जा रहा है, वह इतनी सभ्य और सुसंस्कृत है। जनरल पिंकनी के भाई कभी बोलिविया के मंत्री होते थे।"

और फिर जो ने, किसी मोंटे क्रिस्टो के अंदाज में, एक दस का, एक पाँच का, एक दो का फिर एक का नोट—सभी असली खरे—निकाला और उन्हें डीलिया की कमाई के पास रख दिया।

"वॉटर कलर में बनाई चौकोर स्तंभ की वह तसवीर मैंने पियोरिया के एक आदमी को बेच दी।" उसने उमंग से छलकते हुए बताया।

"मजाक मत करो," डीलिया ने कहा, "पियोरिया का तो नहीं हो सकता।"

"हाँ-हाँ, पियोरिया से ही आया था वह। काश, तुम उसे देख पातीं। मोटा सा था, ऊनी मफलर डाले, चिड़िया के पर की दाँत कुरेदनी थी उसकी। उसने टिंकल की खिड़की पर वह स्केच देखा और पहले तो उसने सोचा यह पवन चक्की है। हालाँकि वह आसान शिकार था और उसने इसे खरीद ही लिया। उसने एक और तसवीर का—लाकावाना के माल गोदाम का ऑयल में स्केच—बनाने का ऑर्डर दिया है, जिसे वह अपने साथ ले जाएगा। संगीत की कक्षाएँ। ओह, मैं सोचता हूँ कला इसमें अभी भी है।"

"मुझे बहुत खुशी है कि तुमने इसे छोड़ा नहीं," डीलिया ने दिल से कहा, "तुम्हारी जीत पक्की है, डियर। तैंतीस डॉलर! हमारे पास खर्चे के लिए इतना पैसा पहले कभी नहीं रहा। आज रात हम ऑयस्टर खाएँगे।"

"और शैमपिंयों के साथ फीलेमियों" जो ने कहा, "जैतून का फोर्क कहाँ है ?"

अगले शनिवार की शाम, जो पहले घर पहुँचा। उसने अपने अठारह

डॉलर बैठक की मेज पर बिछा दिए और अपने हाथ पर से ढेर सारा गाढ़ा रंग धोया।

आधा घंटे बाद डीलिया आई, उसके सीधे हाथ पर बेढ़ंगी पट्टियाँ और चीथड़े लिपटे थे।

''यह कैसे हुआ?'' जो ने रोज की तरह अभिवादनों के आदान-प्रदान के बाद पूछा।

डीलिया हँस दी, लेकिन उसकी हँसी में बहुत उल्लास नहीं था।

उसने बताया, ''क्लीमेंटिना ने पढ़ने के बाद एक वेल्श रैबिट पनीर को पिघलाकर बनाए गए एक व्यंजन की जिद पकड़ ली। बहुत ही अजीब लड़की है वह। तीसरे पहर पाँच बजे वेल्श रैबिट। जनरल वहीं थे। तुम उन्हें उस गरम पैन के साथ दौड़ते देखते जो, जैसे घर में कोई नौकर ही न हो। मुझे पता है क्लीमेंटिना की सेहत ठीक नहीं है, वह इतनी घबड़ाई रहती है। उसने उस गरम उबलते हुए वैल्श रैबिट को परोसते समय ढेर सारा मेरे हाथ और कलाई पर गिरा दिया। बहुत दर्द हुआ, जो। और वह प्यारी बच्ची इतनी दुःखी हुई! लेकिन जनरल पिंकनी! जो, वह बुढ़ऊ तो जैसे पागल ही हो गए। वह दौड़कर नीचे गए और उन्होंने किसी को तहखाने में किसी भट्ठी वाले को या किसी और को—दवा की दुकान से तेल और पट्टियाँ लाने भेज दिया। अब इसमें इतना दर्द नहीं हो रहा।''

''यह क्या है?'' जो ने डीलिया के हाथ को कोमलता से पकड़ते हुए और पट्टियों के नीचे निकल रहे कुछ सफेद चीथड़ों को खींचते हुए कहा।

''यह कोई मुलायम चीज है,'' डीलिया ने कहा, ''जिस पर तेल लगा था। ओह जो, क्या तुमने एक और स्केच बेचा?'' उसने मेज पर रखे पैसे देख लिए थे।

''बेचा?'' जो ने कहा, ''जरा पियोरिया के उस आदमी से पूछो। आज उसे उसका गोदाम मिल गया, उसे पार्क का एक और दृश्य और हडसन का भी दृश्य चाहिए। आज तीसरे पहर किस समय तुम्हारा हाथ जला था, डीली?''

''पाँच बजे शायद,'' डीली ने दुःखी होते हुए कहा, ''वह इस्तिरी—मेरा मतलब है रैबिट लगभग उसी समय आग से निकला था। तुम जनरल पिंकनी को देखते, जो, जब ''एक पल यहाँ बैठो, डीली।'' जो ने कहा। उसने डीलिया को दीवान पर खींच लिया, उसकी बगल में बैठ गया और डीलिया के कंधों पर अपना हाथ रखा।

''पिछले दो हफ्ते से तुम क्या कर रही हो, डीली?'' उसने पूछा।

उसने एक-दो पल तो इस स्थिति का निडरता से सामना किया, उसकी आँखों में प्यार था और हठ भी। उसने जनरल पिंकनी के बारे में अस्फुट स्वर में एक-दो बातें कहीं, लेकिन आखिर उसका सिर झुक गया, सच्चाई बाहर आ गई और आँसू भी छलक पड़े।

''मुझे कोई ट्यूशन-व्यूशन नहीं मिली,'' उसने सच बता दिया, ''और यह मैं होते देख नहीं सकती थी कि तुम अपनी पढ़ाई छोड़ दो, मैंने चौबीसवीं गली की उसी बड़ी लॉण्ड्री में कमीजों पर इस्तिरी करने का काम पकड़ लिया। मैं सोचती हूँ, मैंने जनरल पिंकनी और क्लीमेंटिना दोनों की कहानी खूब अच्छी गढ़ी, क्यों जो? और आज तीसरे पहर जब लॉण्ड्री में एक लड़की ने मेरे हाथ पर एक गरम इस्तिरी रख दी तो घर लौटते समय पूरे रास्ते में वेल्श रैबिट के बारे में वह कहानी गढ़ती आई। तुम गुस्सा तो नहीं हो, जो? और अगर मुझे काम न मिला होता तो तुम भी पियोरिया के उस आदमी को अपने स्केच नहीं बेच पाते।''

''वह पियोरिया का नहीं था।'' जो ने धीरे से कहा।

''देखो, इससे कोई फर्क नहीं पड़ता कि वह कहाँ का था। तुम कितने होशियार हो, जो और मुझे किस करो, जो—और तुम्हें यह शक कैसे हुआ कि मैं क्लीमेंटिना को संगीत नहीं सिखा रही?''

''मुझे आज रात तक शक नहीं हुआ था,'' जो ने कहा, ''मुझे तब भी शक नहीं होता, बस मैंने आज तीसरे पहर अपने इंजन-रूम से ऊपर एक लड़की के लिए ये बेकार चीथड़े और तेल भेजा था, जिसका हाथ इस्तिरी से

जल गया था। मैं उस लॉण्ड्री में पिछले दो हफ्ते से इंजन में ईंधन देने का काम कर रहा हूँ।''

''तो तुमने वह नहीं—''

''पियोरिया का मेरा खरीददार,'' जो ने कहा, ''और जनरल पिंकनी दोनों उसी कला की रचनाएँ हैं, लेकिन तुम इसे चित्रकारी या संगीत नहीं कह सकतीं।''

और वे दोनों ही हँस पड़े, और जो ने कहना शुरू किया—

''जब कोई अपनी कला से प्यार करता है तो कोई भी सेवा—''

लेकिन डीलिया ने उसके होंठों पर अपना हाथ रखकर उसे चुप करा दिया। ''नहीं,'' वह बोली, ''बस यह कहो कि जब कोई प्यार करता है।''

□

प्रतीक्षा

शाम का झुटपुटा होते ही भूरे कपड़ों वाली वह लड़की एक बार फिर उस शांत, छोटे पार्क के उस शांत कोने में आई। वह एक बेंच पर बैठ गई और एक किताब पढ़ने लगी, क्योंकि अभी आधा घंटा और था, जिसमें यह किया जा सकता था।

फिर से बता देते हैं : उसकी पोशाक भूरी थी और साधारण इतनी कि उसकी बेदाग स्टाइल और फिटिंग छिप जाए। उसके बड़े से जालीदार परदे ने उसके हैट को ढक रखा था और उसके पीछे से उसका शांत चेहरा झाँक रहा था, जिसकी सुंदरता से वह बेखबर थी। वह यहाँ इसी समय बीते दिन भी आई थी और उससे पिछले दिन भी, और वहाँ एक व्यक्ति था जो यह जानता था।

जो नौजवान यह जानता था, वह पास ही मँडरा रहा था और भाग्य देवता को दी गई आहुतियों पर निर्भर कर रहा था। उसकी धार्मिकता का इनाम उसे मिला, क्योंकि एक पन्ना पलटते समय लड़की की किताब उसकी उँगलियों से फिसल गई और बेंच से उछलकर पूरे एक गज की दूरी पर जाकर गिरी।

वह युवक तत्परता से इस पर झपटा और उसने इसे लड़की को इस अंदाज में लौटाया जो पार्कों और सार्वजनिक स्थलों पर आम दिखाई देता है, जिसमें शूरता और आशा का मिश्रण होता है और गश्त कर रहे पुलिसवाले के

लिए सम्मान का भाव भी होता है। उसने जोखिम उठाते हुए, मीठी आवाज में मौसम के बारे में कुछ कहा—यह वही शुरुआती विषय है, जो संसार के बहुत सारे दु:ख के लिए जिम्मेदार है—और एक पल ठहरकर अपने भाग्य की प्रतीक्षा में खड़ा रहा।

लड़की ने उसे आराम से देखा, उसके साधारण साफ-सुथरे कपड़ों को देखा और उसके चेहरे-मोहरे को देखा, जो भाव के लिहाज से बिलकुल भी अनूठा नहीं था।

"तुम चाहो तो बैठ सकते हो," उसने जान-बूझकर मंद स्वर में कहा, "सच, मुझे अच्छा लगेगा अगर तुम ऐसा करोगे। इस खराब रोशनी में पढ़ा तो जा नहीं सकता। मैं बात करना ज्यादा पसंद करूँगी।"

भाग्य का दास उसके पास कृतार्थ होकर बैठ गया।

"जानती हो," उसने उसी सूत्र से अपनी बात शुरू की जिससे पार्क के चेयरमैन अपनी बैठकों की शुरुआत करते हैं, "तुम जैसी खूबसूरत लड़की मैंने अरसे से नहीं देखी। कल मेरी नजर तुम पर पड़ी थी। तुम्हें पता नहीं चला कि कोई तुम्हारी इन आँखों का दीवाना हो गया है, क्यों जानेमन?"

"तुम चाहे कोई भी हो," लड़की ने ठंडे स्वर में कहा, "तुम्हें यह नहीं भूलना चाहिए कि मैं एक शरीफ लड़की हूँ। तुमने अभी-अभी जो टिप्पणी की है, उसे मैं इसलिए माफ कर देती हूँ, क्योंकि यह गलती सचमुच अस्वाभाविक नहीं थी—मतलब तुम्हारे समाज में। मैंने तुमसे बैठने के लिए कहा था: अगर इस निमंत्रण का यह मतलब होता है कि मैं तुम्हारी जानमेन हूँ, तो मैं इसे वापस लेती हूँ।"

"मैं माफी चाहता हूँ," युवक ने कहा। संतुष्टि का उसका भाव पश्चात्ताप और विनम्रता में बदल गया। "यह मेरी ही गलती थी, तुम्हें पता है—मेरा मतलब है, ऐसी लड़कियाँ होती हैं, पार्कों में तुम्हें पता है—मेरा मतलब है, तुम्हें सचमुच नहीं पता, लेकिन—"

"मेहरबानी करके इस विषय को रहने दो। बेशक मुझे पता है। अब

मुझे इन लोगों के बारे में बताओ, जो इन रास्तों पर हर तरफ से आ-जा रहे हैं, भीड़ लगा रहे हैं। कहाँ जा रहे हैं वे ? वे इतनी हड़बड़ी में क्यों हैं ? क्या वे सुखी हैं ?''

युवक ने अपना छैला वाला अंदाज एकदम छोड़ दिया था। अब वह प्रतीक्षा वाली भूमिका में आ गया था, उसे कोई अंदाजा नहीं था कि उससे कौन सी भूमिका निभाने की अपेक्षा की जाएगी।

''उन्हें देखना बड़ा दिलचस्प होता है,'' उसने लड़की के मूड का अनुमान लगाते हुए कहा, ''यह जिंदगी का अद्‌भुत नाटक है। कुछ लोग खाने पर जा रहे हैं और कुछ मेरा मतलब है—दूसरी जगहों को। हैरानी होती है कि उनका इतिहास क्या है।''

''मुझे नहीं होती,'' लड़की ने कहा, ''मुझमें इतनी उत्सुकता नहीं है। मैं यहाँ इसिलए बैठने आती हूँ, क्योंकि बस एक यही जगह है जहाँ मैं मानवता के विशाल, आम, धड़कते दिल के नजदीक हो सकती हूँ। मुझे जिंदगी में ऐसी भूमिका मिली है जहाँ इसकी धड़कनों को कभी महसूस ही नहीं किया जाता। तुम सोच सकते हो कि मैं तुमसे क्यों बोली, मि.— ?''

''पार्कनस्टैकर,'' युवक ने अपना नाम बताया। फिर उसमें उत्सुकता और उम्मीद जागती दिखाई दी।

''नहीं,'' लड़की ने अपनी पतली उँगली उठाते हुए और हलके से मुसकराते हुए कहा, ''तुम इसे फौरन पहचान जाओगे। अपने नाम को प्रिंट से बाहर रखना असंभव है। तसवीर को भी। अपनी नौकरानी का यह परदा और यह हैट पहनकर मैं अपनी पहचान बदल लेती हूँ। तुमने ड्राइवर को इसे घूरते देखा होगा जब उसने सोचा होगा कि मैं नहीं देख रही। साफ-साफ कहूँ तो ऐसे पाँच-छह नाम हैं जो सबसे पवित्र स्थान में गिने जाते हैं, मेरा नाम मेरे जन्म के कारण, उनमें से एक है। मैं तुमसे इसलिए बोली मि. स्टैकनपॉट— ''

''पार्कनस्टैकर!'' युवक ने सकुचाते हुए उसे सुधारा।

"मि. पार्कनस्टैकर, क्योंकि मैं एक बार किसी सहज व्यक्ति से बतियाना चाहती थी—किसी ऐसे व्यक्ति से, जिसे दौलत की घिनौनी चमक और तथाकथित सामाजिक बड़प्पन ने बिगाडा न हो। ओह! तुम नहीं जानते कितनी ऊब चुकी हूँ इससे मैं—पैसा-पैसा-पैसा! और उन आदमियों से जो मेरे इर्द-गिर्द मँडराते रहते हैं, छोटे कठपुतलों की तरह नाचते रहते हैं, सब एक जैसे। मैं ऊब चुकी हूँ इस खुशी से, जवाहरात से, घूमने-फिरने से, समाज से, हर तरह के ऐश से।"

"मैं तो हमेशा से यही सोचता था," युवक ने हिचकते हुए कहा, "कि पैसा तो बहुत अच्छी चीज होती होगी।"

"पर्याप्त पैसा होने की चाहत तो होनी चाहिए। लेकिन जब किसी के पास इतने लाख हों!" उसने वाक्य को निराशा के साथ समाप्त किया। "दरअसल परेशानी इसकी नीरसता से होती है।" लड़की ने आगे कहा, "सैर-सपाटा, दावतें, थिएटर, नाच, खाना और उन सब पर दौलत का बेकार मुलम्मा। कभी-कभी तो मेरे शैंपेन के गिलास में पड़ी बर्फ की खनक ही मुझे पागल कर देती है।"

मि. पार्कनस्टैकर को यह बात बहुत दिलचस्प लगी।

उसने कहा, "मुझे पैसा वाले और फैशनपरस्त लोगों के तौर-तरीकों के बारे में पढ़ना और सुनना हमेशा से अच्छा लगता है। मैं सोचता हूँ कि मैं थोड़ा मामूली तबके का हूँ। लेकिन मैं अपनी जानकारियाँ सही रखता हूँ। अब देखो, मैंने तो यही राय बनाई हुई थी कि शैंपेन बोतल में ठंडी की जाती है, गिलास में बर्फ डालकर नहीं।"

लड़की खिला-खिलाकर हँस दी—एक खनकती हँसी, जिसमें सचमुच आनंदित होने का भाव था।

"तुम्हें पता होना चाहिए," उसने जैसे उदारता दिखाते हुए समझाया, "कि हम गैर-मामूली तबके के लोग अपने आनंद के लिए कुछ हटकर करते हैं। इस समय फैशन शैंपेन में बर्फ डालने का है। इसकी शुरुआत

टारटारी के मेहमान राजकुमार ने वॉलडॉर्फ में डिनर के दौरान की थी। इसकी जगह जल्दी ही कोई नई सनक आ जाएगी। जैसे कि इस हफ्ते मैडिसन एवेन्यू में हुई एक डिनर पार्टी में हर मेहमान की प्लेट के पास एक हरा मुलायम दस्ताना रख दिया गया था, जिसे जैतून खाते समय पहनना था।''

''समझ गया,'' युवक ने विनम्रता से स्वीकार किया, ''अंदरखाने के ये खास बदलाव आम लोगों की जानकारी में कहाँ आ पाते हैं।''

''कभी-कभी तो,'' लड़की ने युवक की स्वीकारोक्ति को हलके से सिर झुकाकर स्वीकार करते हुए कहा, ''मैं सोचती हूँ कि अगर कभी मैंने किसी से प्यार किया तो वह नीचे तबके का होगा। वह काम करता होगा, निखट्टू नहीं होगा। लेकिन यह सच है कि हैसियत और दौलत मेरी इच्छा पर भारी पड़ेंगे। इस समय दो ने मुझे घेरा हुआ है। उनमें से एक तो जर्मनी में कहीं का ग्रांड ड्यूक है। मुझे लगता है कि उसकी कहीं एक पत्नी है या थी, जो उसके पियक्कड़पन और क्रूरता की वजह से पागल हो गई। दूसरा एक अंग्रेज मारक्विस है, वह इतना ठंडा और लालची है कि उससे अच्छी तो मुझे ड्यूक की शैतानियत लगती है। वह क्या बात है जो मुझे तुमसे यह सब कहने को मजबूर कर रही है, मि. पैकनस्टैकर?''

''पार्कनस्टैकर,'' युवक ने धीमे से कहा, ''सच, तुम नहीं जान सकतीं कि मैं तुम्हारे विश्वास की कितनी कद्र करता हूँ।''

लड़की ने उसे शांत उदासीन दृष्टि से देखा, जो उनकी हैसियतों के अंतर को देखते हुए उचित ही थी।

''तुम काम क्या करते हो, मि. पार्कनस्टैकर?'' उसने पूछा।

''बहुत छोटा सा काम है मेरा। लेकिन मैं दुनिया में तरक्की की उम्मीद कर रहा हूँ। क्या तुम सचमुच गंभीर थीं, जब तुमने यह कहा कि तुम किसी नीचे तबके के व्यक्ति से प्यार करोगी?''

''हाँ, बिलकुल। लेकिन मैंने यह कहा था कि 'कर सकती हूँ'। तुम्हें पता है, वह ग्रांडड्यूक और वह मारक्विस। हाँ, कोई भी काम बहुत नीचा

नहीं हो सकता, अगर वह व्यक्ति वैसा हो जैसा मैं चाहती हूँ।''

''मैं,'' मि. पार्कनस्टैकर ने कहा, ''एक रेस्टोरेंट में काम करता हूँ।''

लड़की थोड़ी सिमट गई।

''वेटर तो नहीं हो न?'' उसने जैसे गिड़गिड़ाते हुए कहा, ''मजदूरी अच्छी बात है, लेकिन किसी का नौकर होना, देखो टहलुआ और—''

''मैं वेटर नहीं हूँ। मैं कैशियर हूँ।'' पार्क के बाहर उनके सामने एक साइनबोर्ड चमक रहा था, 'रेस्टोरेंट'। ''मैं कैशियर हूँ, वहाँ वह रेस्टोरेंट देख रही हो, मैं उसमें कैशियर हूँ।''

लड़की ने अपनी बाईं कलाई पर एक शानदार डिजाइन के ब्रेसलेंट में लगी एक छोटी सी घड़ी में समय देखा और जल्दी से उठ गई। किताब को उसने अपनी कमर से लटकते जालीदार थैले में घुसेड़ा, हालाँकि किताब के लिए वह थैला काफी छोटा था।

''तुम काम पर क्यों नहीं गए?'' उसने पूछा।

''मैं रात की शिफ्ट कर रहा हूँ,'' युवक ने कहा, ''मेरी पाली शुरू होने में अभी एक घंटा है। क्या मैं फिर तुमसे मिल सकता हूँ?''

''पता नहीं। लेकिन हो सकता है यह सनक मुझ पर फिर न सवार हो। अब मुझे जल्दी से जाना होगा। डिनर पर जाना है, और फिर नाटक. ओह! वही पुराना राग। शायद यहाँ आते समय तुमने पार्क के कोने पर एक कार देखी होगी—वही सफेद रंग की।''

''और लाल पहियों वाली?'' युवक ने सोच में अपनी भौंहें सिकोड़ते हुए कहा।

''हाँ, मैं हमेशा उसी में आती हूँ। प्येअर वहाँ मेरा इंतजार करता है। वह सोचता है मैं स्क्वायर के उस तरफ डिपार्टमेंट स्टोर में शॉपिंग कर रही हूँ। जरा जिंदगी के इस बंधन के बारे में सोचो, जिसमें हमें अपने ड्राइवरों तक को धोखा देना पड़ता है। गुड नाइट।''

''लेकिन अब अँधेरा हो रहा है,'' मि. पार्कनस्टैकर ने कहा, ''और

पार्क में बदतमीज लोग भरे पड़े हैं। क्या मैं साथ चलूँ— ?''

''अगर तुम मेरी इच्छाओं का जरा भी सम्मान करते हो,'' लड़की ने दृढ़ता से कहा, ''तो तुम मेरे जाने के बाद दस मिनट तक इस बेंच से मत हिलना। मैं तुम पर लांछन नहीं लगा रही, लेकिन तुम्हें शायद पता होगा कि गाड़ियों पर आमतौर पर उनके मालिक का नाम लिखा होता है। एक बार फिर गुडनाइट।''

और वह बड़ी तेजी और शान से धुँधलके में निकल गई। युवक उसकी खूबसूरत देहयष्टि को निहारता रहा। वह पार्क के किनारे के खड़ंजे पर पहुँची और वहाँ से उस कोने की तरफ मुड़ी जहाँ वह कार खड़ी थी। तब युवक ने पार्क के पेड़ों और झाड़ियों में छिपते-छिपाते उस पर नजर रखी।

जब वह कोने पर पहुँची तो उसने सिर घुमाकर उस गाड़ी की तरफ देखा और उससे आगे निकलती हुई वह सड़क पार कर गई। युवक एक सुविधाजनक खड़ी कैब के पीछे छिपकर उसको ध्यान से देखता रहा। पार्क के सामने वाली सड़क के फुटपाथ से होती हुई वह चमकदार साइनबोर्ड वाले उस रेस्टोरेंट में दाखिल हो गई। यह सफेद रंग और काँच वाली उन चमकदार जगहों में से थी, जहाँ आप सस्ते में और ऐलानिया खाना खा सकते हैं। लड़की इसके पिछले हिस्से तक घुसती चली गई, और वहाँ उसने जल्दी से अपना परदा और हैट उतार दिया।

कैशियर की सीटें काफी आगे को थी। सीट पर बैठी लाल बालों वाली एक लड़की घड़ी की तरफ एकटक देखती हुए वहाँ से उतरी। और भूरे कपड़ों वाली वह लड़की उसकी जगह जाकर बैठ गई।

युवक ने अपने हाथ अपनी जेबों में डाल लिये और धीरे-धीरे फुटपाथ पर चलता हुआ वापस आ गया। कोने पर आकर उसका पैर वहाँ पड़ी एक छोटी, कागज के कवर वाली एक किताब से टकराया और किताब सरककर घास के किनारे पहुँच गई। इसके आकर्षक कवर को देखकर वह पहचान गया कि यह वही किताब है, जिसे वह लड़की पढ़ रही थी। उसने उसे लापरवाही

से उठा लिया और देखा, इसका शीर्षक 'न्यू अरेबियन नाइट्स' था। इसका लेखक कोई स्टीवनसन था। उसने इसे घास पर ही फेंक दिया और अनिश्चय की स्थिति में एक मिनट वहीं आराम से खड़ा रहा। फिर वह उस कार में बैठ गया, गद्दियों पर आराम से टिक गया और उसने ड्राइवर से दो शब्द कहे—

"क्लब, हेनरी!"

□

दवा का असर

ब्लू लाइट दवाइयों की दुकान शहर के कारोबारी इलाके में है। यह बावेरी और पहला एवेन्यू के बीच उस स्थान पर है, जहाँ इन दो गलियों के बीच दूरी सबसे कम है। ब्लू लाइट की मानें तो दवाई वालों का काम सलमा-सितारे, इत्र और आइसक्रीम-सोडा बेचना नहीं है। आप यहाँ यदि दर्द निवारक माँगेंगे तो आपको कैंडी नहीं पकड़ाई जाएगी।

ब्लू लाइन को आधुनिक औषध विज्ञान की समय-बचाऊ कलाओं से घृणा है। यहाँ अपनी अफीम खुद गलाई जाती है और अफीम-टिंचर तथा अफीम के कपूरी अर्क को खुद हिलाया जाता है। आज भी गोलियाँ इसकी ऊँची मेज पर बनाई जाती हैं—गोलियों को इसकी अपनी तख्ती पर तैयार किया जाता है, एक चपटी छुरी से विभाजित किया जाता है, उँगली और अँगूठे से गोल किया जाता है, भस्म किए हुए मैगनेशिया में लपेटा जाता है और दफ्ती के छोटे-छोटे गोल डिब्बों में बाँटा जाता है। यह दुकान एक नुक्कड़ पर है, जिसके आस-पास ठिठोली करते बच्चे खेलते रहते हैं और खाँसी की उन दवाइयों तथा आराम देने वाले उन सीरप के प्रत्याशी बन जाते हैं, जो अंदर उनकी प्रतीक्षा में रहती हैं।

आइकी शनस्टीन इस ब्लू लाइट में रात को बैठता था और अपने ग्राहकों का दोस्त था। यह ईस्ट साइड पर है कि औषध विज्ञान की चमक नहीं है। जैसा कि होना चाहिए, दवा बेचने वाला एक सलाहकार, एक

पापमोचक, एक परामर्शदाता, एक योग्य और इच्छुक मिशनरी और गुरु होता है, जिसके ज्ञान को सम्मान दिया जाता है, जिसकी औघड़ समझ को पूज्य माना जाता है, और जिसकी दवा को अकसर, बिना चखे ही गटर में फेंक दिया जाता है। इसलिए आइकी की सींगाकार चश्माधारी नाक और उसकी सँकरी, ज्ञान से झुकी आकृति ब्लू लाइट के आस-पास के इलाके में खूब जानी-पहचानी थी, उसकी सलाह और उसके ध्यान को लोग बहुत चाहते थे।

आइकी ने दो चौराहे दूर मिसिज रिडल के यहाँ कमरा ले रखा था और वहीं वह नाश्ता करता था। मिसिज रिडल की रोजी नाम की एक बेटी थी। घुमा-फिराकर कहना बेकार है—आप समझ ही गए होंगे—आइकी इस रोजी का दीवाना था। वह उसके तमाम विचारों में टिंचर घोलती थी, जो कुछ भी रासायनिक रूप में शुद्ध और सहज बिक्री योग्य था, वह उसका यौगिक सत्त्व थी—डिस्पेंसरी में उसके जैसा कुछ भी नहीं था। लेकिन आइकी दब्बू था, उसकी आशाएँ उसके पिछड़ेपन और भय के घोलक में अघुलनशील ही बनी रहीं। काउंटर के पीछे तो वह एक महान् जीव होता था, जिसे अपने विशेष ज्ञान और योग्यता की जानकारी थी, बाहर वह एक कमजोर घुटनोंवाला, धुँधली नजरवाला, मोटर-गाड़ियों के चालकों से गालियाँ खाने वाला आवारा था, जिसके ढीले-ढाले कपड़ों पर रसायनों के दाग होते थे और जिनसे विभिन्न दवाइयों की गंध आती थी।

आइकी की दवाई में मक्खी चंक मैगोवेन था।

मैगोवेन भी रोजी की मुसकानों को लपकने की फिराक में था। लेकिन वह आइकी की तरह आउटफील्डर नहीं था, वह उन्हें बल्ले से निकलते ही पकड़ लेता था। साथ-ही-साथ वह आइकी का दोस्त और ग्राहक भी था। अकसर वह बावेरी में एक खुशनुमा शाम बिताने के बाद कटे पर प्लास्टर लगवाने के लिए या छिले पर आयोडीन लगवाने के लिए ब्लू लाइट केमिस्ट पर आया करता था।

एक दोपहर बाद मैगोवेन अपने उसी खामोश, बेपरवाह अंदाज में आया और अपना सुघड़, चिकना चेहरा लिये सज्जन सा एक स्टूल पर बैठ गया।

जब उसका दोस्त अपनी ओखली लाकर उसके सामने बैठ गया और पाउडर तैयार करने लगा तो, उसने कहा, "आइकी, अपने कान खोल लो। अगर तुम्हारे पास मेरी जरूरत की दवा है तो मुझे वह चाहिए।"

आइकी ने मैगोवेन के चेहरे को गौर से देखा कि परेशानी के कोई निशान मिलें, मगर उसे ऐसा कुछ नहीं दिखा।

"अपना कोट उतारो," उसने आदेश दिया। मैं पहले ही समझ गया था कि तुम्हारी पसलियों में उन्होंने छुरा घोंप दिया है। कितनी बार मैंने तुमसे कहा कि वे (डेगो स्पेन, पुर्तगाल और इटली वालों के लिए घृणास्पद शब्द) तुम्हें मार डालेंगे।"

मैगोवैन मुसकरा दिया। "वे नहीं," उसने कहा, "डेगो नहीं, लेकिन तुमने परेशानी सही पकड़ी है—यह मेरे कोट के नीचे है, पसलियों के पास। सुनो! आइकी—रोजी और मैं आज रात भागकर शादी करने वाले हैं।"

आइकी की बाईं तर्जनी ओखली पर जमी थी और उसे स्थिर रखे हुई थी। उस पर उसका तेज मूसल पड़ा, लेकिन उसे महसूस नहीं हुआ। इस बीच मैगोवैन की मुसकान फीकी पड़ गई और वह परेशान और उदास दिखने लगा।

"मेरा मतलब है," उसने आगे कहा, "अगर वह वक्त आने तक अपनी बात पर कायम रहती है तो। हम दो हफ्ते से भागने का रास्ता बना रहे हैं। एक दिन वह कहती है कि चलूँगी, उसी शाम वह मना कर देती है। हम आज रात पर राजी हुए हैं, और इस बार रोजी पूरे दो दिन तक अपनी बात पर कायम रही है। लेकिन वह समय आने में अभी भी पाँच घंटे हैं, और मुझे डर है कि कहीं वह मौके पर मेरा साथ न छोड़ दे।"

"तुम कह रहे थे तुम्हें दवा चाहिए।" आइकी ने कहा।

मैगोवैन बेचैन—परेशान दिख रहा था, जो उसके स्वभाव के विरुद्ध था। उसने दवाइयों की सूची को गोल किया और उसे अपनी उँगली पर सावधानी के साथ लपेट लिया।

''मैं आज रात किसी भी कीमत पर गलती नहीं होने देना चाहता,'' उसने कहा, ''मैंने हार्लेम में एक छोटा सा फ्लैट बिलकुल तैयार कर रखा है, वहाँ मेज पर गुलदाउदी के फूल हैं और एक केतली खौलने को तैयार है। मैंने एक पादरी को बोल रखा है, जो साढ़े नौ बजे हमारे लिए अपने घर पर तैयार रहेगा। यह होना ही है। और अगर रोजी फिर से अपना मन नहीं बदल देती!''—मैकगोवैन बोलते-बोलते रुक गया, वह अपने ही संदेहों का शिकार हो रहा था।

''मेरी समझ में अभी भी नहीं आया,'' आइकी ने तुरंत कहा, ''तुम दवा की बात क्यों कर रहे हो, मैं इसमें क्या कर सकता हूँ।''

''वह बुढ़ऊ रिडल मुझे बिलकुल भी पसंद नहीं करता,'' बेचैन आशिक ने आगे कहा, ''वह अपने तर्कों को व्यवस्थित रूप में रखने पर तुला था। एक हफ्ते से उसने रोजी को मेरे साथ दरवाजे से बाहर निकलने नहीं दिया है। अगर उन्हें किराएदार से हाथ धोने का डर नहीं होता तो वे कब का मुझे धक्के देकर भगा देते। मैं हफ्ते में बीस डॉलर कमाता हूँ। रोजी को चंक मैगोवेन के साथ भागने पर कभी पश्चात्ताप नहीं होगा।''

''माफ करना, चंक,'' आइकी ने कहा, ''मुझे एक दवा तैयार करनी है, जिसे जल्दी ही देना है।''

''सुनो, मैगोवैन ने अचानक नजरें उठाकर कहा, ''सुनो, आइकी, कोई ऐसी दवा नहीं है क्या, ऐसा कोई पाउडर, जिसे खाकर कोई लड़की तुम्हें और ज्यादा चाहने लगे?''

आइकी ने एक श्रेष्ठ ज्ञान की घृणा के साथ अपनी नाक के नीचे अपने होंठ को बिचकाया, लेकिन इससे पहले कि वह जवाब दे पाता, मैकगोवैन ने आगे बोलना शुरू किया :

''टिम लेसी ने मुझे एक बार बताया था कि उसने शहर के ऊपरी इलाके में किसी हकीम से कोई दवा ली थी, जिसे उसने अपनी प्रेमिका को सोडा वाटर में पिला दिया था। पहली ही खुराक से वह सबसे अब्बल हो गया था और बाकी सब उस लड़की को घटिया दिखने लगे थे। दो हफ्तों के अंदर ही उनकी शादी हो गई थी।''

चंक मैगोवैन मजबूत और सीधा-सादा था। आदमियों को आइकी के मुकाबले बेहतर ढंग से समझने वाला कोई भी व्यक्ति देख सकता था कि उसका बलिष्ठ शरीर तना हुआ था। दुश्मन देश में घुसने जा रहे एक अच्छे सेनापति की तरह वह संभावित नाकामी के हर रास्ते को बंद कर देना चाहता था।

''मैं सोच रहा था,'' चंक ने आशान्वित होकर आगे कहा, ''कि अगर मेरे पास ऐसा कोई पाउडर होता, जिसे मैं आज रात खाने के समय रोजी को देता तो शायद उससे उसकी हिम्मत बढ़ जाती और वह भागने की बात से पीछे नहीं हटती। मैं समझता हूँ कि उसे घसीटकर ले जाने के लिए खच्चरों की जरूरत नहीं होगी, लेकिन औरतें दौड़ने की बनिस्बत सिखाने में ज्यादा अच्छी होती हैं। अगर वह दवा दो घंटे भी काम कर जाए तो बात बन जाएगी।''

''यह भागने वाली बेवकूफी कब होने जा रही है?'' आइकी ने पूछा।

''नौ बजे,'' मैगोवैन ने कहा, ''खाना सात बजे है। आठ बजे रोजी को सिर दर्द होता है और वह सोने चली जाती है। नौ बजे बुजुर्ग पारवेनजानो मुझे अपने पिछवाड़े जाने देता है, जहाँ रिडल की बाड़ के पास पड़ोस में एक तख्ता है। मैं रोजी की खिड़की के नीचे जाता हूँ और उसे सहारा देकर फायर-इस्केप से नीचे उतार लेता हूँ। पादरी की वजह से हमें यह काम जल्दी करना है। अगर रोजी मौके पर पीछे नहीं हट जाती है तो यह बहुत ही आसान होगा। क्या तुम मेरे लिए ऐसा कोई पाउडर बना सकते हो, आइकी?''

आइकी शनस्टीन ने धीरे से अपनी नाक रगड़ी।

''चंक,'' उसने कहा, ''इस तरह की दवाइयों में दवावालों को काफी होशियार रहना पड़ता है। अपनी जान-पहचान वालों में एक तुम्हीं को मैं इस तरह का पाउडर भरोसा करके दे सकता हूँ। बस तुम्हारे लिए मैं इसे बनाऊँगा, और तुम देखना, इसे खाने के बाद रोजी कैसे तुम्हारे बारे में सोचती है।''

आइकी मेज के पीछे चला गया। वहाँ उसने दो घुलनशील गोलियों को पीसकर उनका पाउडर बनाया। उन दोनों ही गोलियों में मार्फिया (बेहोशी की दवा) की थोड़ी मात्रा थी। इसमें उसने थोड़ी दूध की चीनी मिलाई, जिससे यह थोड़ी भारी हो जाए, और इस मिश्रण को एक सफेद कागज में रखकर उसकी साफ पुड़िया बना दी। अगर इस पाउडर को कोई वयस्क लेता तो पक्का था कि वह कई घंटे गहरी नींद में सोता रहेगा, लेकिन उसे कोई खतरा नहीं होगा। इस पुड़िया को उसने मैगोवैन को पकड़ा दिया और उससे कहा कि हो सके तो किसी तरल से लेना, उस सड़कछाप मजनूँ ने उसका दिल से शुक्रिया अदा किया।

आइकी ने उसके बाद क्या किया, यह बताने पर उसकी उस हरकत की बारीकी स्पष्ट हो जाती है। उसने मि. रिडल के पास एक संदेशवाहक भेजा और मैगोवैन के रोजी के साथ भागने की योजना को उजागर कर दिया। मि. रिडल हट्टे-कट्टे थे, उनका रंग ईंट की धूल जैसा था, और वह अचानक ही हरकत में आ जाते थे।

''बड़ा एहसान किया,'' उन्होंने आइकी से बस इतना ही कहा, ''वह आयरिश लोफर! मेरा अपना कमरा रोजी के कमरे के ऊपर ही है। मैं खाने के बाद खुद ऊपर चला जाऊँगा और बंदूक लोड करके इंतजार करूँगा। अगर वह मेरे पिछवाड़े आया तो दूल्हे की गाड़ी की जगह एंबुलेंस में ही वहाँ से जाएगा।''

रोजी तो कई घंटों के लिए गहरी नींद में सो जाएगी, और खून का प्यासा पिता पहले से आगाह होकर हथियार लेकर तैयार रहेगा और आइकी ने सोचा—इस तरह उसका रकीब सचमुच बहुत मुश्किल में पड़ने वाला है।

ब्लू लाइट में अपनी ड्यूटी पर तैनात, सारी रात वह इंतजार करता रहा कि किसी हादसे की खबर आएगी, मगर ऐसा हुआ नहीं।

सुबह आठ बजे दिन की ड्यूटी करनेवाला आ गया और आइकी यह पता करने के लिए मिसिज रिडल के घर की तरफ जल्दी-जल्दी चल पड़ा कि रात में क्या हुआ। जैसे ही वह दुकान से निकला, चंक मैगोवैन एक गुजरती ट्राम से कूदकर उतरा और उसने आइकी का हाथ पकड़ लिया—चंक मैगोवैन के होंठों पर एक विजेता की मुसकान थी, उसका चेहरा खुशी के मारे सुर्ख हो रहा था।

"बन गया काम," चंक ने परम आनंद वाली मुसकान बिखेरते हुए कहा, "रोजी ठीक वक्त पर फायर इस्केप पर आ गई और हम नौ बजकर तीस मिनट पर पादरी के यहाँ पहुँच गए। वह फ्लैट में है—सुबह उसने नीले किमोनो में अंडे बनाए—हे प्रभु कितना किस्मत वाला हूँ मैं। किसी दिन आ जाओ, आइकी, और हमारे साथ खाना खाओ। वहाँ पुल के पास मुझे काम मिल गया है, इस समय वहीं जा रहा हूँ मैं।"

"और वह—वह पाउडर?" आइकी ने हकलाते हुए कहा।

"अरे वह पाउडर जो तुमने मुझे दिया था!" चंक ने और भी ज्यादा मुसकराते हुए कहा, "देखो, ऐसा हुआ। कल रात में रिडल के यहाँ खाने के लिए बैठा, मैंने रोजी को देखा और मैंने अपने मन में कहा, चंक, अगर तुम्हें इस लड़की को पाना है तो उसे सीधे तरीके से पाओ—इस जैसी शरीफ लड़की के साथ कुछ ऐसा-वैसा मत करो। मैंने तुम्हारा दिया हुआ कागज अपनी जेब में रखा। तब मेरी नजर वहाँ मौजूद एक और व्यक्ति पर पड़ी, मैंने अपने मन में कहा कि यह व्यक्ति अपने होने वाले दामाद को सही से प्यार करे, इसलिए मैंने मौका देखा और उस पाउडर को बुढ़ऊ रिडल की कॉफी में डाल दिया—समझे!"

□

पुलिस और गीत

मैडिसन स्क्वायर की अपनी बेंच पर सोपी बेचैनी से करवटें बदल रहा था। जब जंगली हंस रातों में तेज आवाज में चिल्लाते हैं, और जब गरम कोट से वंचित औरतें अपने मरदों के साथ दयालुता का व्यवहार करने लगती हैं, जब सोपी पार्क में अपनी बेंच पर बेचैनी से करवटें बदलता है, तब समझ लेना चाहिए कि जाड़ा नजदीक है।

एक सूखी पत्ती सोपी की गोद में गिरी। यह जैक फ्रॉस्ट यानी पाले का कार्ड था। मैडिसन स्क्वायर के नियमित निवासियों पर जैक मेहरबान रहता है, और अपनी सालाना आमद की स्पष्ट चेतावनी देता है। चार गलियों के नुक्कड़ों पर वह अपनी तख्ती उत्तरी पवन को पकड़ा देता है—जो समस्त बाह्य जीवन की हवेली का दरबान है, जिससे कि उसके बाशिंदे तैयार हो जाएँ।

सोपी ने इस हकीकत को समझ लिया कि अब समय आ गया था कि वह अपने आप में एक समिति बन जाए और आने वाले कठिन दौर का इंतजाम कर ले। इसीलिए अपनी बेंच पर वह बेचैनी से करवटें बदल रहा था।

शीत निष्क्रियता को लेकर सोपी की महत्त्वाकांक्षाएँ कोई बहुत ऊँची नहीं थीं। वह भूमध्य सागर पर दक्षिणी आकाश में या विसुवियस की खाड़ी में सैर-सपाटा बिलकुल नहीं चाहता था। उसकी आत्मा तो बस टापू पर तीन

महीने काटने को लालायित रहती थी। सोपी को सुनिश्चित भोजन और आवास और सौहार्दपूर्ण संगत के ये तीन महीने चाहत का मूल दिखाई देते थे, जिनमें वह ठिठुराती उत्तरी हवा और नीली वरदी यानी पुलिस से सुरक्षित रह सकता था।

बरसों से यह ब्लैकवेल टापू उसका शीतकालीन आवास रहा है। जैसे उसके शहर न्यूयॉर्क के अधिक भाग्यशाली लोग हर जाड़े में पाम बीच और रिविएरा का टिकट खरीदते थे, वैसे ही सोपी अपनी सालाना यायावरी के लिए टापू जाने का इंतजाम कर लेता था। वह समय अब आ गया था। पिछली रात जब वह सब, यानी धार्मिक विश्राम दिवस के तीन अखबारों को अपने कोट के नीचे, अपने टखनों और गोद के ऊपर डालकर उस प्राचीन चौराहे में फूटते फुहारे के पास अपनी बेंच पर सोया था, तो उनसे भी वह ठंड से बच नहीं पाया था। इसलिए सोपी के दिमाग में टापू ही तैर रहा था। उसे उन व्यवस्थाओं से घृणा थी, जो शहर के आश्रितों के लिए दान-पुण्य के नाम पर की जाती हैं। सोपी की राय में कानून तो परोपकार से अधिक दयालु था। ऐसी नागरिक और खैराती संस्थाओं का तो अंत ही नहीं था, जहाँ वह जा सकता था और सादा जीवन के अनुसार भोजन और आवास पा सकता था। लेकिन सोपी के स्वाभिमानी मन को दान के उपहार बोझ समान लगते थे। वहाँ परोपकार के हाथों जो लाभ मिलते थे, उनका भुगतान आपको पैसे में नहीं तो शर्मसार होकर करना पड़ता था। जैसे सीजर के साथ उसका ब्रूटस था, वैसे ही दान की हरेक शैया के साथ एक गुसल होता है और रोटी के हरेक टुकड़े के साथ एक निजी और व्यक्तिगत पूछताछ की क्षतिपूर्ति होती है। जबकि कानून का मेहमान होना अधिक अच्छा रहता है, क्योंकि वहाँ नियम-कायदे तो जरूर चलते हैं, लेकिन किसी व्यक्ति के जातीय मामलों में अनुचित दखल नहीं दिया जाता। (टापू ऐसी ही जगह थी जहाँ सजा काटने के लिए भेजा जाता था)।

टापू जाने का फैसला कर चुकने के बाद सोपी तुरंत अपनी इच्छा पूरी

करने के जुगाड़ में लग गया। इसके कई आसान तरीके थे। इसमें सबसे अधिक सुखद यह था कि किसी महँगे रेस्टोरेंट में जमकर खाओ, फिर कह दो कि पैसा नहीं है, और बगैर कोई शोर-शराबा किए पुलिसवाले के हवाले हो जाओ। बाकी का काम मेहरबान मजिस्ट्रेट कर देगा।

सोपी अपनी बेंच से उठकर टहलता हुआ स्क्वायर के बाहर और डामर के समतल समुद्र को पार कर वहाँ आया, जहाँ ब्रॉडवे और पाँचवाँ एवेन्यू साथ-साथ बहते हैं। ब्राडवे पर आकर वह मुड़ा और एक चमचमाते कैफे पर रुक गया, जहाँ हर रात अंगूर, रेशम और प्रोटोप्लाज्म के सबसे बढ़िया उत्पाद इकट्ठे होते हैं।

सोपी आत्म-विश्वास से लबालब था। उसकी दाढ़ी-मूँछें बनी हुई थीं, उसका कोट बढ़िया था और उसने एक साफ काली टाई बाँधी हुई थी, जो उसे एक महिला मिशनरी ने थैंक्सगिविंग डे पर भेंट की थी। अगर वह शक के दायरे से बचकर रेस्टोरेंट की एक मेज तक पहुँच गया तो फिर कामयाबी उसके हाथ लग जानी थी। मेज के ऊपर उसका जो हिस्सा वेटर को दिखाई देगा, उससे उसके मन में कोई संदेह पैदा नहीं होगा। सोपी ने सोचा कि इसके लिए भुनी हुई बतख—उसके साथ उम्दा शराब शैबली की एक बोतल, फिर बढ़िया पनीर, काली कॉफी और सिगार अच्छा रहेगा। सिगार के लिए एक डॉलर काफी होगा। कुल बिल इतना ज्यादा नहीं बनेगा कि उसके लिए कैफे का प्रबंधन कोई बदले की भयंकर काररवाई करे; फिर भी मांस से उसका पेट भर जाएगा और वह खुश होकर अपने शीतकालीन आश्रय में जाएगा।

लेकिन जैसे ही सोपी ने रेस्टोरेंट के दरवाजे के अंदर कदम रखा, मुख्य वेटर की नजर उसकी उधड़ी पैंट और फटे-पुराने जूतों पर पड़ी। मजबूत और तत्पर हाथों ने सोपी को पीछे घुमाया और खामोशी व फुरती से उसे खड़ंजे पर धकेल दिया और खतरे में पड़ी बतख की असम्मानजनक नियति को टाल दिया।

सोपी ब्रॉडवे से हट गया। वह जिस टापू तक पहुँचने को लालायित

था, शायद उसका रास्ता पेट से होकर नहीं जाता था। वहाँ दाखिल होने का कोई और रास्ता तलाशना होगा।

छठा एवेन्यू के एक नुक्कड़ पर बिजली की रोशनी और काँच के पीछे सजाए गए सामान की वजह से दुकान की खिड़की साफ दिखई दे रही थी। सोपी ने एक पत्थर उठाया और उसे काँच पर दे मारा। लोग वहाँ दौड़ते हुए आए, उनके आगे एक पुलिसवाला था। सोपी वहाँ अडिग खड़ा रहा, उसके हाथ उसकी जेबों में थे, वह पुलिसवाले को देखकर मुसकरा रहा था।

"कहाँ है वह आदमी जिसने यह हरकत की है?" पुलिस अधिकारी ने आवेश में पूछा।

"क्या आपको नहीं लगता कि इससे मेरा कोई लेना-देना हो सकता है?" सोपी ने कहा, उसके लहजे में व्यंग्य था, लेकिन दोस्ताना, जो सौभाग्य का स्वागत करते समय होता है।

पुलिसवाले के मन को सोपी तो एक सुराग के तौर पर भी स्वीकार नहीं हुआ। जो लोग खिड़कियाँ तोड़ते हैं, वे कानून के रखवालों से बहस करने के लिए रुकते नहीं हैं। वे तो नौ दो ग्यारह हो जाते हैं। पुलिसवाले को कुछ आगे एक आदमी (स्ट्रीट) कार पकड़ने के लिए दौड़ता दिखाई दिया। वह अपना डंडा निकालकर उसके पीछे दौड़ लिया। मन-ही-मन कुढ़ता सोपी फिर चल दिया। वह दो बार नाकाम रहा था।

गली के उस तरफ सस्ता सा रेस्टोरेंट था। यह बड़ी भूख और छोटी जेब वालों की सेवा करता था। इसके खाने-पीने के बरतनों और माहौल में भारीपन था, इसका सूप और मेजपोश हलके थे। इस जगह सोपी अपने आरोपी जूते और चुगलखोर पैंट लेकर बेरोकटोक चला गया। एक मेज पर बैठकर उसने बीफ के कबाब और केक तथा डोनट वगैरह खाए। फिर वेटर को उसने बता दिया कि धेले से भी उसका दूर-दूर तक कोई नाता नहीं था।

"अब फटाफट शुरू हो जाओ और पुलिसवाले को बुलाओ," सोपी ने कहा, "और शरीफ आदमी को इंतजार मत करवाओ।"

"तुम्हारे लिए किसी पुलिसवाले की जरूरत नहीं है," वेटर ने कहा, उसका स्वर मक्खनी केक की तरह और निगाह कॉकटेल में पड़ी चेरी जैसी थी—"अरे कॉन!"

और दो वेटरों ने मिलकर सोपी को खड़ंजे पर फेंक दिया, जहाँ वह सीधा अपने बाएँ कान के बल जाकर गिरा। वह जोड़-जोड़ करके ऐसे उठा जैसे बढ़ई का रूल खुलता है, उसने अपने कपड़ों से धूल झाड़ी। गिरफ्तारी एक गुलाबी सपना मात्र लग रहा था। टापू बहुत दूर लग रहा था। दो दरवाजे आगे एक दवा की दुकान के सामने खड़ा एक पुलिसवाला हँसा और गली में आगे बढ़ गया।

सोपी पाँच ब्लॉक पार कर गया तब जाकर उसकी हिम्मत हुई कि एक बार फिर गिरफ्तार होने की कोशिश करे। इस बार जो मौका मिला, उसे उसने मूर्खता से 'पक्की बात' समझा। सादे और सुखद वेश में एक युवती एक दुकान की प्रदर्शन खिड़की में रखे शेविंग मग और इंकस्टैंड को बड़ी दिलचस्पी से देख रही थी, और वहाँ ये दो गज दूर एक भीमकाय, कड़क पुलिसवाला एक वाटरप्लग से सटा खड़ा था।

सोपी की युक्ति थी कि वह घृणास्पद और अभिशापित 'मजनूँ' की भूमिका निभाए। उसकी शिकार युवती के शिष्ट और मनोहर रूप तथा विवेकशील पुलिसवाले की समीपता ने उसे यह मानने को प्रोत्साहित किया कि जल्दी ही उसके हाथ पर अधिकारी की सुखद पकड़ होगी और इस तरह उस छोटे, तंग छोटे टापू पर उसका जाड़ों का आवास सुनिश्चित हो जाएगा।

सोपी ने महिला मिशनरी की दी हुई रेडीमेड टाई को सीधा किया, अपने सिकुड़ते कफों को खींचकर ऊपर किया, अपने हैट को एक मारक अंदाज में झुकाया और उस युवती की तरफ सरका। उसने उससे आँखें मिलाईं और उसने अचानक खाँसकर और खँखारकर जवाब दिया, वह मुसकराया, उसने खीसें निपोरी और वे सारी बदतमीज और घृणित हरकतें कीं, जो मजनूँ करते हैं। सोपी ने कनखियों से देखा कि पुलिसवाला उसे एकटक ताक रहा था। वह युवती उससे कुछ कदम दूर हट गई, और एक बार फिर उसने अपना ध्यान उन शेविंग

मग पर जमा दिया। सोपी उसके पीछे-पीछे आ गया, हिम्मत करके उसके पास पहुँच गया और अभिवादन में अपना हैट उठाकर उससे बोला:

"अरे बेडेलिया! क्या आकर मेरे आँगन में खेलोगी नहीं ?"

पुलिसवाला अभी भी देख रहा था। पीड़ित युवती को बस एक उँगली का इशारा करना था और सोपी अपने सुरक्षित ठिकाने की तरफ कूच कर जाएगा। वह पहले ही अपनी कल्पना में हवालात की आरामदेह गरमाहट को महसूस कर रहा था। युवती उसके सामने आ गई और उसने एक हाथ फैलाकर सोपी के कोट की आस्तीन को पकड़ लिया।

"क्यों नहीं, माइक," उसने खुश होकर कहा, "अगर तुम मुझे बीयर की दावत दोगे तो जरूर। मैं तुमसे पहले ही बोलती, लेकिन पुलिसवाला देख रहा था।"

वह युवती अपने वृक्ष यानी सोपी से लता की तरह लिपट गई, और वे इसी तरह पुलिसवाले के पास से निकले। सोपी पर उदासी छा गई। लगता था वह आजादी के लिए अभिशप्त है।

अगले मोड़ पर वह अपनी साथिन से पल्ला छुड़ाकर भाग खड़ा हुआ। वह जाकर उस इलाके में रुका, जहाँ रात में सबसे अधिक जगमग गलियाँ, दिल, कस्में-वादे और लिब्रेटो (ऑपेरा पाठ) होते हैं। फर की पोशाकें पहने महिलाएँ और लंबे कोट पहने पुरुष शीतकालीन हवा में सानंद आ-जा रहे थे। अचानक सोपी को एक भय ने पकड़ लिया कि किसी भयानक सम्मोहन ने उसे गिरफ्तारी की संभावना से मुक्त कर दिया था। इस विचार से वह थोड़ा आतंकित हो गया, और जब वह एक भव्य थिएटर के सामने शान से टहलते एक और पुलिसवाले के पास आया तो उसने तुरंत 'अव्यवस्थित आचरण' के तिनके का सहारा ले लिया।

खड़ंजे पर सोपी ने अपनी भारी आवाज में पूरा दम लगाकर शराबियों की तरह ऊटपटाँग बकना शुरू कर दिया। वह नाचता, चिल्लाता, बड़-बड़ करता या आसमान सिर पर उठा लेता।

पुलिसवाले ने अपना डंडा घुमाया, सोपी की तरफ पीठ कर ली और एक शहरी से बोला—

"यह डन येल के लड़को में से है जो हंस के अंडों का जश्न मना रहा है, जो वे हार्टफर्ड कॉलेज को देते हैं। शोर-शराबा तो होता है, लेकिन कोई नुकसान नहीं है। हमें हिदायत है कि उनसे कुछ न बोलें।"

व्यथित होकर सोपी ने अपनी उस बेकार की धमाचौकड़ी को बंद कर दिया। क्या कभी कोई पुलिसवाला उस पर हाथ नहीं डालेगा? उसकी कल्पना में टापू उसे एक अगम्य मधुबन लगने लगा। ठिठुराती ठंडी हवा से बचने के लिए उसने अपने पतले कोट को बंद कर लिया।

सिगार की एक दुकान पर उसने देखा कि बढ़िय़ा कपड़े पहने एक व्यक्ति एक झूलती लाइट से अपना सिगार जला रहा था। अपने रेशमी छाते को उस व्यक्ति ने दुकान में दाखिल होते समय दरवाजे के पास रख दिया था। सोपी अंदर गया, उसने छाता लिया और उसे लेकर धीरे-धीरे चलता बना। सिगार जला रहा वह व्यक्ति जल्दी से उसके पीछे आया।

"मेरा छाता?" उसने कड़ाई से कहा।

"अच्छा, ऐसा है?" सोपी ने उसका मजाक उड़ाया और इस छोटी सी चोरी में अपमान का तड़का और लगा दिया। "अच्छा तो फिर, तुम पुलिस को क्यों नहीं बुलाते? मैंने इसे ले लिया। तुम्हारे छाते को! पुलिस को क्यों नहीं बुलाते? वहाँ नुक्कड़ पर एक पुलिसवाला खड़ा है।"

छाता मालिक ने अपनी चाल धीमी कर ली। सोपी ने भी ऐसा ही किया, उसके मन में यह आशंका थी कि भाग्य एक बार फिर उसके विपरीत जाएगा। पुलिसवाला उन दोनों को उत्सुकता से देख रहा था।

"हाँ-हाँ, क्यों नहीं," छाता मालिक ने कहा, "मेरा मतलब है देखो, तुम तो जानते ही हो कि कैसे ये गलतियाँ हो जाती हैं—मैं अगर यह तुम्हारा छाता है तो तुमसे माफी माँगता हूँ। यह छाता मैंने आज सुबह एक रेस्टोरेंट से उठाया था, अगर तुम्हें लगता है यह तुम्हारा छाता है तो मैं तुमसे माफी चाहता हूँ।"

"हाँ-हाँ, यह मेरा है।" सोपी ने खिसियाते हुए कहा।

छाते का भूतपूर्व मालिक उलटे पाँव लौट गया। पुलिसवाला दो ब्लॉक दूर आती एक स्ट्रीट कार के सामने गली की दूसरी तरफ ऑपेरा का चोगा पहने एक लंबी, सुनहरे बालों वाली महिला की मदद के लिए फुरती से वहाँ से चला गया।

मरम्मत की वजह से बेकार हो रही एक गली से होता हुआ सोपी पूरब की तरफ बढ़ा। छाते को उसने गुस्से में एक खुदे हुए गड्ढ़े में फेंक दिया। वह उन आदमियों के विरुद्ध बक-बक करने लगा, जो लोहे के टोप पहने रहते हैं और हाथ में डंडे लिए रहते हैं। अब क्योंकि वह उनके चंगुल में फँसना चाह रहा था तो वे उसे एक राजा मान रहे थे, जो कोई गलती कर ही नहीं सकता।

आखिर मैं सोपी पूरब के एक एवेन्यू में पहुँचा, जहाँ चमक-दमक और शोरगुल कुछ हलका था। वह इसकी ओर मुँह करके मेडिसन स्क्वायर की दिशा में बढ़ा, क्योंकि घर की ललक तो फिर भी रहती है, भले ही वह घर पार्क की बेंच ही क्यों न हो।

लेकिन एक असाधारण रूप में शांत नुक्कड़ पर आकर सोपी के पाँव जम गए। वहाँ एक पुराना गिरजाघर था, निराला और अव्यस्थित तथा तिकोनिया। बैगनी काँच वाली एक खिड़की से एक हलकी रोशनी चमक रही थी, जहाँ निश्चय ही ऑर्गनवादक आने वाले सबथ के गीत पर अपनी महारत को परवान चढ़ा रहा था। क्योंकि वहाँ से छनकर एक मधुर संगीत सोपी के कानों तक आ रहा था, उससे सम्मोहित होकर वह लोहे के टेढ़े-मेढ़े जंगले से चिपक गया।

चाँद ऊपर था, चमकदार और सौम्य, वाहन और राहगीर बहुत थोड़े थे, गौरेया छज्जों पर उनींदी सी चहक रही थीं—थोड़ी देर के लिए यह एक देहाती गिरजाघर के प्रांगण का दृश्य बन गया था। ऑर्गनवादक जिस गीत को बजा रहा था, उसने सोपी को लोहे के जंगल से जकड़ दिया था, क्योंकि वह उन दिनों इससे अच्छी तरह से परिचित था जब उसके जीवन में इस तरह की चीजें थीं, जैसे माएँ और गुलाब और महत्त्वाकांक्षाएँ और मित्र और बेदाग विचार और वस्त्र।

सोपी की ग्रहणशील मनोस्थिति और उस पुराने गिरजाघर के वातावरण के प्रभाव ने मिलकर उसकी आत्मा में एक औचक और अद्‌भुत परिवर्तन कर दिया। उसने एकदम से आतंकित होकर उस गड्‌ढे को देखा, जिसमें वह गिर गया था, उन पतनशील दिनों को, निकम्मी इच्छाओं को, मृत आशाओं को, ध्वस्त मानसिक शक्तियों को और उन अधम उद्‌देश्यों को देखा, जो उसका वजूद बन गई थीं।

और एक क्षण में उसके दृश्य ने भी उल्लसित होकर इस नई मनोस्थिति को स्वीकारा। उसमें तुरंत एक तीव्र आवेग जागा कि वह अपनी इस हताशपूर्ण नियति से संघर्ष करेगा। वह अपने आपको उस दलदल से निकालेगा, वह फिर से इनसान बनेगा; वह उस बुराई पर विजयी होगा, जिसने उस पर अधिकार कर लिया था। अभी समय था, अभी वह जवान ही तो था, वह अपनी पुरानी तत्पर महत्त्वाकांक्षाओं को फिर से जीवित करेगा और बेधड़क उन्हें पूरा करने का प्रयास करेगा। ऑर्गन के उन गंभीर, किंतु मधुर सुरों ने उसमें क्रांति भर दी थी। कल वह शहर के शोर-शराबे वाले इलाके में जाएगा और काम की तलाश करेगा। एक फर आयातक ने एक बार उसे ड्राइवर की जगह देने की पेशकश की थी। वह कल ही उसे ढूँढ़ेगा और उस जगह के लिए बोलेगा। वह दुनिया में कुछ बनकर दिखाएगा।

सोपी को महसूस हुआ कि किसी ने उसकी बाँह पर अपना हाथ रखा। वह तेजी से घूमा। सामने एक पुलिसवाले का चेहरा था।

''यहाँ क्या कर रहे हो?'' पुलिस अधिकारी ने पूछा।

''कुछ नहीं।'' सोपी ने कहा।

''तो चलो मेरे साथ!'' पुलिसवाले ने कहा।

और अगली सुबह पुलिसिया अदालत में मजिस्ट्रेट ने सोपी को 'टापू पर तीन महीने' की सजा सुना दी।

□

विडंबना

सार्वजनिक पार्कों की एक कुलीनता होती है और उन आवारागर्दों की भी, जो उन पार्कों का इस्तेमाल अपनी निजी रिहाइश के लिए करते हैं। वैलेंस इसे जानता कम और महसूस ज्यादा करता था। लेकिन जब वह अपनी दुनिया से निकलकर घोर अव्यवस्था की स्थिति में उतरा तो उसके पैरों ने उसे सीधे मैडिसन स्क्वायर में पहुँचा दिया।

पुराने दौर की एक अपरिपक्व और कठोर स्कूली बाला की तरह मई मास की ऋतु पुष्पित होते वृक्षों के बीच कृपणता से श्वास ले रही थी। वैलेंस ने अपने कोट के बटन बंद किए, अपनी आखिरी सिगरेट सुलगाई और एक सीट पर बैठ गया। तीन मिनट तक वह अपने आखिरी हजार के उस आखिरी सैकड़े का मलाल करता रहा जो तब खत्म हो गए थे, जब बाइकवाले पुलिसवाले ने मोटरगाड़ी की उसकी आखिरी सवारी का अंत कर दिया था। फिर उसने अपनी एक-एक जेब को टटोल मारा, लेकिन उसे एक पाई भी नहीं मिली। उसने उस सुबह अपनी रिहाइश छोड़ दी थी। उसका कुछ फर्नीचर कर्ज उतारने में चला गया था। उसने जो कपड़े पहने हुए थे, उन्हें छोड़ उसके सारे-के-सारे कपड़े उसके नौकर की बकाया तनख्वाह चुकाने में निकल गए थे। वह इस समय वहाँ बैठा तो उस पूरे शहर में उसके लिए कोई बिस्तर या भोजन या स्ट्रीट कार का किराया देने का भी ठिकाना नहीं था। हाँ, अगर वह अपने दोस्तों से ऐंठ लेता था, झूठे बहाने बनाकर यह

सब हासिल कर लेता तो बात और थी। इसलिए उसने इस पार्क को चुना था।

और यह सब इसलिए हुआ था, क्योंकि एक अंकल ने उसे विरासत से बेदखल कर दिया था और उसके भत्तों को घटाकर शून्य पर ला दिया था। यह सब इसलिए था, क्योंकि उसने किसी लड़की के बारे में अपने अंकल का कहा नहीं माना था, वह लड़की इस कहानी में नहीं आती, इसलिए जो पाठक अपने बालों को जड़ों की तरफ झाड़ते हैं, उन्हें यह चेतावनी दी जाती है कि वे आगे न पढ़ें। अंकल का एक और भतीजा या भानजा था, जो एक अन्य शाखा से था, जो कभी संभावित वारिस और प्रिय हुआ करता था। कृपा या आशा से वंचित, वह बहुत पहले दलदल में गायब हो गया था। अब उसके लिए जाल डाले जा रहे थे और उसे फिर से बसाने की तैयारी हो रही थी। यही वजह थी कि वैलेंस शैतान की तरह शान से गहरे गर्त में आ गिरा था और उस छोटे से पार्क में फटे-चीथड़े पहनने वाले पिशाचों में शामिल हो गया था।

वहाँ बैठे हुए वह कठोर बेंच पर काफी पीछे को झुका और उसने सिगरेट के धुँए का एक छल्ला हँसी में सबसे नीची पेड़ की शाखाओं पर छोड़ा। जीवन के तमाम संबंधों, तमाम बंधनों के अचानक टूट जाने से उसे आनंद और मुक्ति का अनुभव हो रहा था। उसे ठीक उस गुब्बारा चालक जैसा एहसास हो रहा था, जो अपने पैराशूट को काट देता है और अपने गुब्बारे को अनियंत्रित उड़ने देता है।

लगभग दस बजे का समय हो रहा था। बेंचों पर अधिक ठिलुए नहीं थे। पार्क में रहनेवाला वैसे तो पतझड़ी ठंडक से लड़ने के मामले में जिद्दी होता है, लेकिन वसंत की ठिठुरा देने वाली फौज की अगली पंक्ति पर हमला करने में सुस्त होता है।

फिर कूदते फुहारे के पास की एक सीट से एक व्यक्ति उठा और आकर वैलेंस की बगल में बैठ गया। वह या तो जवान था या बूढ़ा, सस्ते होटलों में रहने से उसके पास से छिछियाँद आने लगी थी, रेजर और कंघी से

उसका कोई नाता नहीं रह गया था; उसमें शराब भर दी गई थी और उस पर शैतान की मुहर लग गई थी। उसने वैलेंस से माचिस माँगी, जो पार्क में बेंच पर बसेरा करनेवालों के बीच परिचय का एक तरीका होता है, और फिर वह बतियाने लगा।

''तुम यहाँ रोज के आने वालों में से नहीं हो,'' उसने वैलेंस से कहा, ''मैं दरजी के सिले कपड़ों को देखकर पहचान लेता हूँ। तुम इस पार्क से निकल रहे थे और बस थोड़ी सी देर के लिए यहाँ रुक गए हो। थोड़ी देर तुम से बोल लूँ, बुरा तो नहीं लगेगा? मुझे किसी का साथ चाहिए। मुझे डर लग रहा है—मुझे डर लग रहा है। मैंने वहाँ दो-तीन लोफरों को यह बात बताई। वे सोचते हैं मैं पागल हूँ। देखो मैं तुम्हें बताऊँ, आज मैंने दो ब्रेत्सेल और एक सेब के सिवाय कुछ भी नहीं खाया है। कल में तीस लाख की विरासत के लिए कतार में खड़ा होऊँगा, वहाँ वह जो रेस्टोरेंट तुम देख रहे हो, जिसके आस-पास गाड़ियाँ खड़ी हैं, वहाँ खाना मेरे लिए बिलकुल भी भारी नहीं पड़ेगा। तुम्हें विश्वास नहीं होता न, क्यों?''

''मुझे कोई परेशानी नहीं,'' वैलेंस ने हँसते हुए कहा, ''मैंने कल ही वहाँ लंच किया था और आज मैं पाँच सेंट की कॉफी भी नहीं खरीद सकता।

''तुम हम जैसे नहीं दिखाई देते। हाँ, मैं समझ सकता हूँ, ऐसा होता है। मैं खुद फन्ने खाँ हुआ करता था कुछ साल पहले। तुम्हारे साथ क्या हुआ?''

''मेरे साथ—ओह, मेरी नौकरी छूट गई।'' वैलेंस ने कहा।

''यह शहर न, यह तो एक खालिस नर्क है,'' दूसरे व्यक्ति ने आगे कहा, ''एक दिन आप चीन (की मिट्टी के बरतन) से खा रहे होते हैं तो अगले दिन आप चीन में (किसी चॉप सुई होटल में) खाते हैं। मुझे भी बहुत बदनसीबी झेलनी पड़ी है। पाँच साल तक मेरी हालत किसी भिखारी से बेहतर नहीं रही। मेरी परवरिश महँगी चीजें बरतने और कुछ न करने के लिए हुई थी। देखो, तुम्हें यह सब बताने में मुझे कोई परेशानी नहीं है—देखो, मुझे कोई बात करने को चाहिए, क्योंकि मुझे डर लग रहा है—मुझे डर लग रहा है। मेरा नाम आइड

है। तुम सोचोगे भी नहीं कि वह बुढ़ऊ पॉलडिंग, रिवरसाइड ड्राइव के उन लखपतियों में से एक, वह मेरे अंकल थे, क्यों ऐसा ही है न? लेकिन यह सही है, वह मेरे अंकल ही हैं। मैं कभी उनके घर में ही रहता था और जितना चाहता उतना पैसा ले सकता था। देखो, क्या तुम्हारे पास पीने को पैसा नहीं है, अब क्या नाम है तुम्हारा—''

''डॉसन,'' वैलेंस ने कहा। नहीं, अफसोस के साथ कहना पड़ता है कि मेरे पास पैसा बिलकुल भी नहीं है।''

''एक हफ्ते से मैं डिवीजन स्ट्रीट पर एक कोयला गोदाम में ब्लिंकी मौरिस नाम के एक बदमाश के साथ रह रहा था,'' आइड ने आगे कहा, ''मेरे पास और कोई ठिकाना ही नहीं था। आज जब मैं बाहर था तो एक व्यक्ति जेब में कुछ कागज लिए मुझे पूछ रहा था। मैं नहीं जानता था कि वह पुलिसवाला था या कोई और इसलिए मैं वहाँ अँधेरा होने तक दोबारा गया ही नहीं। वह मेरे लिए एक चिट्ठी छोड़ गया था। और डॉसन, यह चिट्ठी शहर के एक बड़े वकील मीड की थी। मैंने ऐन स्ट्रीट पर उसका बोर्ड देखा है। पॉल्डिंग चाहते हैं, मैं उड़ाऊ पूत बनूँ, वह चाहते हैं कि मैं वापस आऊँ और फिर से उनका वारिस हो जाऊँ और उनके पैसे को उड़ाऊँ। मुझे कल दस बजे वकील के दफ्तर में जाना है और फिर से अपनी उसी पुरानी जिंदगी को अपनाना है—तीस लाख का वारिस। डॉसन, और दस हजार डॉलर का सालाना जेब खर्च। मुझे डर लग रहा है—मुझे डर लग रहा है।''

फिर वह आवारागर्द उछलकर खड़ा हो गया। उसने अपने दोनों काँपते हाथ अपने सिर के ऊपर उठा लिये। उसने अपनी साँस थामी और बेतहाशा विलाप करने लगा।

वैलेंस ने उसका हाथ पकड़ा और उसे वापस बेंच पर बैठा दिया।

''चुप हो जाओ!'' उसने चिढ़ने के अंदाज में कहा, ''कोई सोचेगा कि दौलत तुम्हें मिल नहीं रही है, बल्कि तुमसे छिन गई है। तुम्हें डर किस बात का है?''

आइड बेंच पर सिकुड़ गया और काँपने लगा। वह वैलेंस की आस्तीन से चिपट गया और ब्रॉडवे की रोशनी के धुँधले उजास में भी हाल में लावारिस हुए व्यक्ति को दूसरे व्यक्ति के माथे पर किसी अनजान भय से छलक आई बूँदें दिखाई दे रही थीं।

''देखो, मुझे डर इस बात का है कि सुबह होने से पहले मेरे साथ कुछ हो जाएगा। मुझे नहीं पता क्या, पर ऐसा कुछ जिससे मुझे वह पैसा नहीं मिल पाएगा। मुझे डर है कि कोई पेड़ मेरे ऊपर गिर जाएगा; मुझे डर है कोई गाड़ी मुझे कुचल देगी या कोई पत्थर किसी घर की छत से मुझ पर गिर जाएगा या और कुछ भी। मुझे पहले कभी डर नहीं लगा। मैं इस पार्क में एक बुत की तरह सौ रात बैठा हूँ और मुझे यह भी पता नहीं रहा कि मेरा नाश्ता कहाँ से आएगा। लेकिन अब बात अलग है। मुझे पैसा बहुत अच्छा लगता है। डॉसन, जब यह मेरी उँगलियों से झर रहा होता है, लोग मेरे आगे सिर झुका रहे होते हैं और सब तरफ मेरे लिए संगीत व फूल तथा अच्छे-अच्छे कपड़े होते हैं, तब मैं देवता की तरह खुश होता हूँ। जब तक मुझे पता था कि मैं खेल से बाहर हूँ तब तक मुझे कोई परेशानी नहीं थी। बल्कि मैं तो खुश था, भूखा-प्यासा यहाँ बैठकर फुहारे के चलने की आवाज सुनकर और सड़क पर गाड़ियों को जाता देखकर। लेकिन यह एक बार फिर मेरे हाथों की पहुँच में है, तकरीबन और बारह घंटे मुझसे इंतजार नहीं हो पा रहा, डॉसन—नहीं हो पा रहा। पचास बातें हैं जो मेरे साथ हो सकती हैं—मैं अंधा हो सकता हूँ, मुझे दिल का दौरा पड़ सकता है और दुनिया खत्म भी हो सकती है इससे पहले कि मैं—''

आइड एक बार फिर चीखते हुए कूदकर खड़ा हो गया। बेंचों पर बैठे लोगों में हलचल हुई और वे देखने लगे। वैलेंस ने उसका हाथ पकड़ लिया।

''आओ टहलो,'' उसने तसल्ली देते हुए कहा, ''और अपने आपको शांत करने की कोशिश करो। बदहवास होने या डरने की कोई जरूरत नहीं है। तुम्हें कुछ नहीं होने वाला। हर रात बराबर होती है।''

''यह बात सही है,'' आइड ने कहा, ''मेरे पास रुको, डॉसन—तुम एक

अच्छे इनसान हो। थोड़ी देर मेरे साथ ठहरो। इससे पहले मैं ऐसे कभी नहीं टूटा और मैंने कितनी ही ठोकरें खाई हैं। क्या तुम थोड़ा खाने का इंतजाम कर सकते हो? मेरा तो बूता नहीं है कि अब भीख माँग सकूँ।''

वैलेंस अपने साथी को लगभग सुनसान पाँचवें एवेन्यू पर ले गया और फिर पश्चिम की तरफ तीसवें से होकर ब्रॉडवे की तरफ ले आया। ''थोड़ी देर यहीं रुको,'' उसने कहा और आइड को एक शांत तथा छायादार जगह में छोड़ गया। वह एक जाने-पहचाने होटल में गया और अपने उसी पुराने अंदाज में आराम से चहलकदमी करता हुआ बार की तरफ बढ़ गया।

''बाहर एक गरीब शैतान है, जिमी,'' उसने बारकर्मी से कहा, ''वह कहता है कि वह भूखा है, भूखा लग भी रहा है। तुम तो जानते हो कि अगर उन्हें पैसा दिया जाए तो वे क्या करते हैं। उसके लिए एक-दो सैंडविच तैयार कर दो और यह देखने का काम मेरा है कि वह इसे फेंकेगा नहीं।''

''बिलकुल मि. वैलेंस,'' बारकर्मी ने कहा, ''सभी ढोंगी नहीं होते। किसी का भूखा रहना अच्छा नहीं लगता।''

उसने एक रूमाल में ढेर सारा खाना बाँध दिया। वैलेंस इसे लेकर अपने साथी के पास पहुँच गया। आइड भुक्खड़ की तरह खाने पर झपट पड़ा। ''एक साल में मुझे इतना अच्छा मुफ्त का खाना कभी नहीं मिला,'' वह बोला, ''तुम कुछ नहीं खाओगे, डॉसन?''

''नहीं मुझे भूख नहीं है—शुक्रिया।'' वैलेंस ने कहा।

''हम वापस स्क्वायर जाएँगे,'' आइड ने कहा, ''वहाँ पुलिसवाले हमें परेशान नहीं करेंगे। मैं इस बचे हुए खाने को अपने नाश्ते के लिए रख लूँगा। अब मैं और नहीं खाऊँगा। मुझे डर है मैं बीमार न पड़ जाऊँ। कहीं मैं आज रात ऐंठन या और किसी वजह से मर गया और उस पैसे को फिर कभी नहीं छू पाया तो। उस वकील से मिलने में अभी ग्यारह घंटे और हैं। तुम तो मुझे नहीं छोड़ोगे न डॉसन? मुझे डर है कुछ हो न जाए। तुम्हारे पास कोई जगह नहीं है न, जहाँ तुम जा सको, क्यो?''

''नहीं,'' वैलेंस ने कहा, ''आज रात कोई जगह नहीं है मेरे पास। मैं तुम्हारे साथ बेंच पर रहूँगा।''

''तुम इसे बड़ी शांति से सुन रहे हो,'' आइड ने कहा, ''अगर तुमने मुझसे सही-सही कहा है तो। मैं तो यह सोचता हूँ कि जिस आदमी की अभी-अभी अच्छी नौकरी छूटी है, वह तो अपने बाल नोच डालेगा।''

''और अगर मैं गलत नहीं हूँ तो मैं पहले ही कह चुका हूँ कि मैं यह सोचता हूँ कि जो आदमी अगले दिन धनवान होने की उम्मीद कर रहा है, उसे तो बहुत सुख और शांति महसूस करनी चाहिए।''

''यह भी बड़ी मजेदार बात है,'' आइड ने दार्शनिक अंदाज में कहा, ''कि लोग किस चीज को कैसे लेते हैं। यह रही तुम्हारी बेंच, डॉसन, ठीक मेरे पास। यहाँ आँखों पर रोशनी नहीं पड़ती। देखो डॉसन, जब मैं वापस घर पहुँच जाऊँगा तो तुम्हारी नौकरी के लिए बुढ़ऊ से किसी को चिट्ठी लिखवा दूँगा। तुमने आज रात मेरी बहुत मदद की है। मुझे नहीं लगता कि अगर तुम नहीं मिले होते तो आज की रात मैं निकाल भी पाता।''

''शुक्रिया,'' वैलेंस ने कहा, ''तुम इस पर सोते कैसे हो, लेटकर या बैठकर?''

घंटों तक वैलेंस पेड़ों की शाखाओं के बीच से सितारों को अपलक निहारता रहा और दक्षिण दिशा में डामर के समुद्र पर घोड़ों की टापों की आवाज सुनता रहा। उसका मन सक्रिय था, किंतु उसकी भावनाएँ सुप्त थीं। सारा संवेग जैसे नष्ट हो गया था। उसे न कोई खेद था, न भय, न पीड़ा और न बेचैनी। जब वह उस लड़की के बारे में सोचता भी था तो इस तरह, जैसे वह उन सुदूर सितारों में से किसी एक की निवासी हो, जिन्हें वह निहार रहा था। उसे अपनी साथी की अजीबोगरीब हरकतें याद आईं और वह धीमे से हँस दिया, फिर भी उसमें उल्लास का भाव नहीं था। जल्दी ही दूध की गाड़ियों की दैनिक सेना ने शहर को एक धमधमाता ढोल बना दिया, जिसकी थाप पर वे आगे बढ़ रही थीं।

अगले दिन दस बजे वे दोनों ही वकील मीड के ऐन स्ट्रीट स्थित दफ्तर

के दरवाजे पर खड़े थे।

वह पल आया तो आइड की नसें बुरी तरह से फड़कने लगीं और वैलेंस उसे उन खतरों का शिकार होने देने के लिए छोड़ने को तैयार नहीं था, जिसका उसे डर लग रहा था।

जब वे दफ्तर में दाखिल हुए तो वकील मीड ने उन्हें आश्चर्य से देखा। वह और वैलेंस पुराने दोस्त थे। अभिवादन के बाद वह आइड की तरफ मुड़ा, जो अपेक्षित संकट के आगे ऐसे खड़ा था कि उसका चेहरे सफेद पड़ रहा था और हाथ-पैर काँप रहे थे।

"कल रात मैंने आपके पते पर एक दूसरी चिट्ठी भेजी है, मि. आइड," वकील ने कहा, "आज सुबह मुझे पता चला कि इसे लेने के लिए आप वहाँ मौजूद नहीं थे। इससे आपको यह जानकारी मिलेगी कि मि. पॉलडिंग ने आपको वापस अपनी मेहरबानी में लेने की अपनी पेशकश पर पुनः विचार किया है। उन्होंने ऐसा न करने का फैसला किया है, और उनकी इच्छा है कि आप यह समझ लें कि उनके और आपके बीच जो मौजूदा रिश्ते हैं, उनमें कोई बदलाव नहीं किया जाएगा।"

आइड का काँपना अचानक रुक गया। उसके चेहरे की रंगत वापस आ गई, और उसने अपनी पीठ को सीधा किया। उसका जबड़ा आधा इंच आगे निकल आया और उसकी आँखों में चमक आ गई। उसने अपने फटे हैट को एक हाथ से पीछे किया और दूसरा हाथ अपनी उँगलियाँ समतल कर वकील की ओर बढ़ा दिया। उसने एक गहरी साँस ली और बड़े वीभत्स ढंग से हँसने लगा।

"बूढ़े पॉलडिंग से कहना कि वह नर्क में जाए," उसने ऊँची और साफ आवाज में कहा, और मुड़कर, सधे और चपल कदमों से दफ्तर से बाहर निकल गया।

वकील मीड अपनी एड़ी पर मुड़ा और मुसकरा दिया।

"मुझे खुशी है कि आप आए," उसने बहककर कहा, "आपके अंकल

चाहते हैं कि आप फौरन घर वापस आ जाएँ। उन्होंने उन हालात से समझौता कर लिया है, जिनकी वजह से उन्होंने जल्दबाजी में वह कदम उठाया था। वह कहना चाहते हैं कि सबकुछ— ''

''अरे एडम्स!'' वकील मीड ने अपनी बात अधूरी छोड़ते हुए चिल्लाकर अपने मुंशी को बुलाया। ''एक गिलास पानी लाना, मि. वैलेंस बेहोश हो गए हैं।''

□

इतनी जल्दी कहाँ। अच्छा संतरा है जी। संतरा लेंगे जी?''

घृणा से भरे किड ने अपनी तलाश जारी रखी। वह अपने दोस्त और प्रशंसक जस्टस ओ. कैलहन के सारी रात खुले रहने वाले चॉप हाउस (रेस्टोरेंट), कैफे और बोलिंग ऐली में जा घुसा। ओ. कैलहन रिसाव देख रहा था।

''मैं सीधी बात करना चाहता हूँ,'' किड ने उससे कहा, ''मेरी औरत को सनक सवार हो गई है कि उसे आड़ू चाहिए। अब अगर तुम्हारे पास आड़ू है तो कैल, जल्दी से निकालो। अगर एक से ज्यादा हों तो वे भी मुझे दे दो।''

''घर तुम्हारा है,'' ओ. कैलहन ने कहा, ''लेकिन इसमें आड़ू एक भी नहीं है। इतनी जल्दी कहाँ। मैं नहीं समझता कि ब्रॉडवे की किसी दुकान पर भी तुम्हें आड़ू मिल पाएगा। बहुत बुरी बात है। जब कोई महिला किसी खास किस्म के फल के लिए अपना मुँह खोलती है तो फिर और कुछ नहीं चल सकता। इस समय तो सबसे अच्छी फल की दुकानों में भी कोई खुली नहीं मिलेगी। लेकिन अगर तुम सोचते हो कि श्रीमतीजी को कुछ अच्छे संतरे पसंद आएँगे तो मेरे पास बढ़िया संतरों की पेटी है, जो शायद उन्हें—''

''बहुत मेहरबानी, कैल। घंटा बजने के समय से ही माँग आड़ू की है। मैं आगे जाकर कोशिश करता हूँ।''

किड जब वेस्ट-साइड एवेन्यू में आगे बढ़ा तो, लगभग आधी रात का समय हो रहा था। बहुत ही कम दुकानें खुली थीं, और वे भी ऐसी जहाँ आड़ू की बात ही बेमानी थी।

किंतु अपने किले जैसे फ्लैट में बैठी दुलहन विश्वास के साथ अपने फारसी फल की प्रतीक्षा कर रही थी। ऐसा हो सकता था कि एक चैंपियन वेल्टरवेट को एक आड़ू न मिले?—कि वह मौसमों और बारह राशियों के चक्र और पंचांग को विजेता की तरह पार करता हुआ अपनी जान के लिए एम्सडेंस जून या जॉर्जिया क्लिंग किस्म का आड़ू न लेकर आए।

किड की नजर एक खिड़की पर पड़ी, जिसमें रोशनी हो रही थी और वह कुदरत के सबसे मोहक रंगों से जगमगा रही थी। रोशनी अचानक बुझ गई। किड ने दौड़ लगाई और फल बेचने वाले को जा पकड़ा, वह दरवाजे में ताला लगा रहा था।

''आड़ू होंगे?'' उसने बेहद सोच-विचारकर कहा।

''नहीं, साहब। अभी तीन-चार हफ्ते तक तो आने वाले नहीं। बता नहीं सकता, कहाँ मिलेंगे। कस्बे में थोड़े से हो सकते हैं, लेकिन उन्हें ढूँढ़ना मुश्किल होगा। शायद किसी महँगे होटल में मिल जाएँ—ऐसी किसी जगह जहाँ बरबाद करने को बहुत पैसा होता है। वैसे मेरे पास कुछ बहुत बढ़िया संतरे हैं, आज ही जहाज में भरकर आए हैं।''

किड एक पल को नुक्कड़ पर ठिठका, फिर तेजी से दो हरी बत्तियों की ओर बढ़ गया, जो एक अँधेरी बगली गली की एक इमारत की सीढ़ियों के दोनों तरफ थीं।

''कप्तान कहीं आस-पास हैं क्या?'' उसने थाने की मेज पर बैठे सिपाही से पूछा।

तभी कप्तान पिछवाड़े से तेजी से आगे आया। वह सादे कपड़ों में था और व्यस्त दिखाई दे रहा था।

''हैलो, किड,'' उसने मुक्केबाज से कहा, ''मैं तो सोच रहा था कि दुलहन को घुमा-फिरा रहे होगे?''

''कल ही लौटा हूँ। अब मैं पक्का नागरिक हूँ। सोचता हूँ, शहरी कामों में दिलचस्पी लूँगा। आज रात डेनवर डिक के यहाँ चलें तो कैसा रहे, कैप?''

''पिछले काम,'' कप्तान ने अपनी मूँछें मरोड़ते हुए कहा, ''डेनवर तो दो महीने पहले ही बंद हो गया।''

''सही,'' किड ने कहा, ''रैफर्टी ने उसे तैंतालीसवीं गली से खदेड़कर भगा दिया था। अब वह तुम्हारे इलाके में खेल कर रहा है, उसका खेल पहले

से भी ज्यादा फैल गया। मैं इस जुए के धंधे के बहुत खिलाफ हूँ। मैं तुम्हें उसके खेल तक पहुँचा सकता हूँ।''

''मेरे इलाके में ?'' कप्तान गुर्राया, ''तुम पक्का कह सकते हो, किड ? मैं इसे एहसान मानूँगा। क्या तुम वहाँ दाखिल हो सकते हो? यह कैसे होगा ?''

''हथौड़ों से,'' किड ने कहा, ''उन्होंने अभी तक दरवाजों पर लोहा नहीं लगवाया है। तुम्हें दस आदमी चाहिए होंगे। नहीं, वे मुझे वहाँ नहीं घुसने देंगे। डेनवर मुझे खत्म करने की कोशिश कर रहा है। वह सोचता है, वह दूसरा छापा मैंने पड़वाया था। हालाँकि ऐसा था नहीं। तुम्हें जल्दी करनी चाहिए। मुझे वापस घर पहुँचना है। वह घर यहाँ से सिर्फ तीन ब्लॉक की दूरी पर है।''

दस मिनट बीतने से पहले कप्तान अपने साथ एक दर्जन आदमी लेकर अपने मार्गदर्शक के साथ एक अँधेरी, सुनसान दिखाई दे रही इमारत के गलियारे में चुपचाप घुस गया, जिसमें दिन में कई धंधे चलते थे।

''तीसरी मंजिल, पीछे की तरफ,'' किड ने धीमे से कहा, ''मैं रास्ता दिखाऊँगा।''

उसने जिस दरवाजे की तरफ इशारा किया, उसके सामने दो कुल्हाड़ी वाले खड़े हो गए।

''यहाँ तो सब खामोश दिखाई दे रहा है,'' कप्तान ने संशयपूर्वक कहा, ''तुम्हें पक्का तो है न कि तुम्हारी खबर सही है ?''

''रहने दो।'' किड ने कहा, ''अगर यह नहीं हुआ तो मैं जिम्मेदार हूँ।''

कुल्हाड़ियाँ अभी तक असुरक्षित दरवाजे पर चलीं। अंदर से रोशनी की एक चौंध ध्वस्त पैनलों से होकर बाहर आई। दरवाजा गिर गया और छापा मारने वाले हाथों में बंदूकें थामे कमरे के अंदर घुस गए।

बड़े कमरे में डेनवर डिक की पश्चिमी रुचि की तड़क-भड़क वाली

साज-सज्जा थी। उसके संरक्षण में कई तरह के खेल वहाँ उस समय चल रहे थे। कमरे में मौजूद लगभग पचास आदमी अपनी आजादी के लिए पुलिसवालों पर झपट पड़े। सादी वरदी वालों को थोड़े डंडे घुमाने पड़े। उनमें से आधे से ज्यादा बचकर भाग गए।

उस रात अपने खेल की शोभा बढ़ाने के लिए डेनवर डिक खुद वहाँ मौजूद था। छापेमारों की कमतर संख्या पर झपटने वालों में सबसे आगे वही था। लेकिन जब उसने किड को देखा तो उसका अंदाज गलत हो गया। वह हैवीवेट श्रेणी का होने के नाते बड़ी खुशी-खुशी अपने से कम वजनी दुश्मन पर टूट पड़ा और वे एक-दूसरे से गुत्थम-गुत्था सीढ़ियाँ लुढ़कते नीचे जा गिरे। नीचे पहुँचकर उन्होंने अपने आपको अलग किया और खड़े हो गए, तब किड ने उस 200 पौंड वजनी खिलाड़ी के चंगुल से निकल जाने पर अपने कुछ पेशेवर दाँव उस 200 पौंड वजनी खिलाड़ी के खिलाफ आजमाए, जो बीस हजार डॉलर के सामान से हाथ धोने वाला था।

अपने विरोधी को पछाड़ने के बाद किड फुरती से ऊपर की तरफ दौड़ा, और जुए वाले कमरे से होता हुआ एक छोटे से कमरे में पहुँचा, जो एक मेहराबदार दरवाजे से जुड़ा हुआ था।

यहाँ एक लंबी मेज थी, जिस पर बढ़िया-से-बढ़िया चायना और सिल्वर के बरतन सजे थे, जिनमें महँगे और दर्शनीय किस्म का ऐसा खाना रखा था कि खेल के भक्त जिसके शौकीन समझे जाते हैं। यहाँ भी शहरी नाम वाले सज्जन की उदार और लज्जतदार रुचि देखी जा सकती थी।

दस नंबर का पेटेंट चमड़े का एक जूता फर्श पर लटकते मेजपोश से कुछ इंच बाहर को निकल रहा था। किड ने उसे पकड़ लिया और सफेद टाई तथा नौकर की पोशाक पहने एक काले आदमी को खींचकर बाहर निकाला।

"खड़े हो जाओ!" किड ने उसे आदेश दिया, "इस वक्त के लंच के रखवाले तुम हो क्या?"

"हाँ, साहब, मैं था। क्या उन्होंने हमें फिर से पकड़ लिया है, मालिक?"

''लगता तो ऐसा ही है। मेरी बात सुनो। इस सारे टीमटाम में आड़ू भी है क्या? अगर नहीं है तो मुझे हार माननी पड़ेगी।''

''आज शाम जब खेल शुरू हुआ तो तीन दर्जन थे, साहब; लेकिन लगता है, वे लोग सारे खा गए। अगर आप अव्वल दरजे का संतरा खाना चाहें, तो मैं कुछ दे सकता हूँ।''

''जल्दी जाओ,'' किड ने सख्ती से आदेश दिया, ''और तुम्हारे पास जितने भी आड़ू हैं, फौरन हाजिर करो; जल्दी, नहीं तो मुश्किल में पड़ जाओगे। अगर आज रात अब किसी ने मुझसे संतरे की बात की तो मैं उसका सिर उड़ा दूँगा।''

डेनवर डिक के बेशकीमती और बेहिसाब भोज से एक अकेला, आखिरी आड़ू निकाला जो संयोग से अनुयायियों के पेटू जबड़ों से बच गया था। यह किड की जेब में चला गया और वह अनथक चारा खोजी अपना इनाम लेकर फ़ौरन वहाँ से रफा-दफा हो गया। नीचे फुटपाथ के दृश्य पर उसने एक निगाह भी नहीं डाली, जहाँ पुलिस अधिकारी अपने कैदियों को गश्ती गाड़ियों में लाद रहे थे। वह लंबे, तेज डग भरता हुआ अपने घर की तरफ बढ़ गया।

घर जाते समय उसका मन हलका था। इसी तरह सूरमा (नाइट) लोग अपनी प्रिय औरतों के लिए खतरों से खेलने और बड़े-बड़े कारनामे करने के बाद कैमलॉट (इंग्लैंड का वह नगर जहाँ सम्राट् आर्थर का दरबार था) लौटते थे। किड की औरत ने आदेश दिया था और उसने उसका पालन किया था। यह सच है कि उसकी इच्छा बस एक आड़ू की थी, किंतु इस सर्द शहर में फरवरी महीने की बर्फ अभी भी लोहे की तरह बिछी थी, उसमें से आधी रात के समय एक आड़ू निकालकर लाना कोई आसान काम नहीं था। उसने एक आड़ू की फरमाइश की थी, वह उसकी दुलहन थी, उसकी जेब में वह आड़ू उसके हाथ में गरमा रहा था, जो इसे इस डर से पकड़े हुआ था कि कहीं यह गिरकर गुम न हो जाए।

रास्ते में किड सारी रात खुली रहने वाली दवा की एक दुकान में गया

और चश्माधारी दुकानदार से बोला—

“सुनो भाई, जरा मेरी यह पसली देखकर बताना तो कि कहीं टूट तो नहीं गई है। मैं थोड़ा झगड़ पड़ा था और एक-दो सीढ़ियाँ नीचे गिर गया था।”

दुकानदार ने मुआयना किया।

“टूटी तो नहीं है,” उसने बताया, “लेकिन एक खरोंच है, जिससे ऐसा दिखाई देता है कि आप सीढ़ी से दो बार गिरे थे।”

“ठीक बात है,” किड ने कहा, “जरा अपना कपड़े झाड़ने का ब्रश देना।”

दुलहन गुलाबी लैंप शेड की गुलाबी आभा में प्रतीक्षा कर रही थी। चमत्कार सारे-के-सारे समाप्त नहीं हो गए थे। किसी मामूली सी चीज—एक फूल, एक अनार, एक-अरे, हाँ, एक आड़ू—के लिए वह अपने मर्द को रात में, उस दुनिया में भेज सकती थी, जो उससे टक्कर नहीं ले सकती थी, और वह उसका कहा पूरा करके रहेगा।

और अब वह उसी कुरसी के पास आकर खड़ा हो गया और उसने उसके हाथ में आड़ू रख दिया।

“नटखट आदमी!” उसने लाड़ में कहा, “क्या मैंने आड़ू कहा था? मैं सोचती हूँ, मुझे संतरा मिलता तो बहुत अच्छा रहता।”

“धन्य हो दुलहन!”

□□□